家风家训的故事

成云雷○著

图书在版编目（CIP）数据

家风家训的故事 / 成云雷著. -- 武汉：长江文艺出版社，2019.11(2023.7 重印)
（百读不厌的经典故事）
ISBN 978-7-5702-1139-5

Ⅰ. ①家… Ⅱ. ①成… Ⅲ. ①故事－作品集－中国－当代 Ⅳ. ①I247.81

中国版本图书馆 CIP 数据核字(2019)第 107697 号

责任编辑：杨　岚	责任校对：毛季慧
封面设计：笑笑生设计	责任印制：邱　莉　胡丽平

出版：长江出版传媒　长江文艺出版社
地址：武汉市雄楚大街 268 号　　邮编：430070
发行：长江文艺出版社
http://www.cjlap.com
印刷：武汉珞珈山学苑印刷有限公司

开本：720 毫米×1020 毫米　　1/16　　印张：11.5　　插页：5 页
版次：2019 年 11 月第 1 版　　2023 年 7 月第 6 次印刷
字数：124 千字

定价：26.00 元

版权所有，盗版必究（举报电话：027—87679308　　87679310）
（图书出现印装问题，本社负责调换）

目录

辑一　名门之风

中华第一家——孔府	003
刘邦后代好读书	004
西汉名臣"万石君"	005
杨震的"清白家风"	006
陆绩与廉石	007
汾阳王郭子仪	008
陈家"一门四进士"	009
江南钱氏人才之盛	010
山东临朐冯氏	011
江州义门陈的家国情怀	012
书香门第昆山徐氏	013
藏书世家常熟翁氏	014
训诂宗师"高邮二王"	015

"立德""修身"的郭氏　　016
林则徐的《十无益》　　017
胡林翼不取一钱自肥　　018
俞樾的诗书传家　　019
永不忘本的太谷曹家　　020
周家大院的书声永振　　021
苏州贝氏世代书香　　022
罗念生三代与希腊文化结缘　　023

辑二　家和万事兴

乐羊子妻　　027
白衣尚书郑均　　028
争先赴死的赵氏兄弟　　029
举案齐眉　　030
琅琊王氏讲孝悌　　031
张敞为妻画眉　　032
李勣煮粥　　033
郭暧醉打金枝　　034
三槐堂王氏和谐友爱　　035
苏氏兄弟情深义重　　036
义门陆氏　　037
"孝义之门"郑氏家族　　038
陈世恩兄弟情深　　039

母慈妻贤的蔡氏家族	040
卢经的"治家法宝"	041
林则徐家有贤妻	042
闺中圣人周诒端	043

辑三 孝亲爱老

舜和他的家人	047
混进鹿群的郯子	048
孝子闵子骞	049
真正的孝心是发自内心的善意	050
董永和仙女的传说	051
常熟归氏家族的大孝子	052
司马迁传承家学	053
甜桑葚和酸桑葚	054
康熙以孝治天下	055
北魏孝子李彪	056
东汉高士茅容	057
顾恺之画母	058
缇萦救父	059
鲍出孝母	060
美男潘岳亦孝子	061
至情至性阮孝续	062
刘永之万里寻父	063

朱寿昌弃官寻母　　　　　064

张清丰的第一炉烧饼　　　065

海门孝子范士华　　　　　066

辑四　教子以道

圣人的启蒙老师　　　　　　　071

敬姜教子戒轻狂　　　　　　　072

父母应该说到做到　　　　　　073

重视教育的孟母　　　　　　　074

曹操四子皆杰出　　　　　　　075

大医皇甫谧幸得叔母教育成才　076

教子楷模陶侃之母　　　　　　077

父母的教诲是一生的财富　　　078

房彦谦的清白父爱　　　　　　079

王羲之教子学书法　　　　　　080

欧阳修之母的教子之道　　　　081

言传不如身教　　　　　　　　082

岳母刺字　　　　　　　　　　082

藏在诗中的父爱　　　　　　　083

对子女严格要求的张居正　　　084

当簪择友　　　　　　　　　　085

百官楷模马玉瑶　　　　　　　086

第一廉吏于成龙　　　　　　　087

爱孩子要有度　　088

左宗棠教子耕读　　089

读书可以改变人的气质　　090

要做仁人君子　　091

鲁迅教子的艺术　　092

黄炎培教子有方　　093

品行的重要性　　094

人生应当追求学问和道德　　095

把家风写在字里行间　　096

神奇母亲王淑贞　　097

钱玄同这样当父亲　　098

文学家莫言的家风　　099

辑五　清廉勤俭

子产和"金水河"的传说　　103

孙叔敖和"寝丘"之地　　104

季文子"家无衣帛之妾"　　105

吴隐之终身不改廉洁之风　　106

胡质父子清廉　　107

裴坦和杨收　　108

皇帝亲赐廉洁碑　　109

"爱吃"獐肉干的王安石　　110

以俭素为美的司马光　　111

公私分明的王翱　　　　　　112

海瑞死后为城隍　　　　　　113

方克勤"杯汤不肯受"　　　　114

沈伦不修宅第　　　　　　　115

粗茶淡饭的"帝师元老"　　　116

戴敦之拒收"鳌头银"　　　　116

"淡中趣长"的张知白　　　　117

清代高官的"豆腐汤"　　　　118

"诗书勤耕读"的陈廷敬　　　119

"不要钱"的彭玉麟　　　　　120

"啬翁"的故事　　　　　　　121

辑六　积善之家

子罕善待邻人　　　　　　　125

后汉樊重富而好仁　　　　　126

"散金台"的由来　　　　　　127

江南顾家的厚道　　　　　　128

王吉休妻　　　　　　　　　128

善有善报的裴度　　　　　　129

唐临的仁爱　　　　　　　　130

司马光诚实不欺　　　　　　131

范仲淹教育晚辈做善事　　　132

南宋名医许叔微　　　　　　133

桐城张氏与人为善　　　　134

广安邓氏"修身立品"　　　135

冒辟疆赈灾　　　　　　　136

陈昌期积德行善　　　　　137

曾国藩的慈善故事　　　　138

乞讨兴学的义丐武训　　　139

李叔同资助学生　　　　　140

吴昌硕乐于助人　　　　　141

林徽因提携年轻人　　　　142

辑七　家规家训

周公家训　　　　　　　　145

孔府箴规　　　　　　　　146

《颜氏家训》：古今家训之祖　147

《子陵公家训》以德服人　　148

诸葛亮写《诫子书》　　　149

吕氏乡约　　　　　　　　150

包拯家训　　　　　　　　151

朱子家训　　　　　　　　152

吕祖谦的《家范》　　　　153

耕读传家的党家村　　　　154

《风宪里陈氏族训》　　　155

黄庭坚的《家戒》　　　　156

王伯大与《四留铭》	157
江南规矩第一家	158
杨氏的"四足"与"四重"	159
传世家训《郑氏规范》	160
《朱子家训》	161
江州义门陈氏规矩森严	162
钱氏祖训	163
"人丁兴旺"的张谷英村	164
王阳明的《示宪儿》	165
袁氏的《了凡四训》	166
清代名臣李光地	167
许汝霖和《德星堂家订》	168
"公安三袁"	169
曾兴冈的"八字三不信"	170
丁宝桢家书教子	171
乔家大院"六不准"	172
王艮著《孝悌箴》引导家风	173
王家大院"矩"字多一点	174

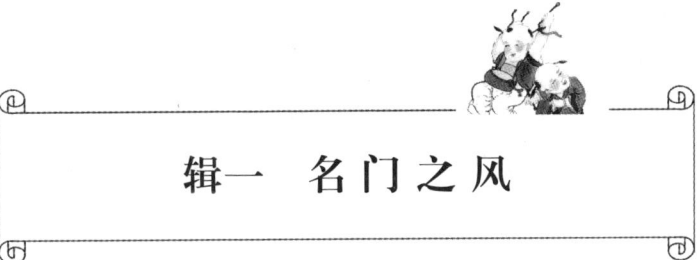

辑一　名门之风

中国历史上有许多名门望族，在家族绵延中传承了优秀家风。名门之风有助于维护家族的有序和谐与持续发展，而其实际的教化功能，则包括树立基本价值观、培养道德意识、造就人格美德等内容。传承和弘扬中华传统家风家规文化，既是个人修身养性的需要，也是坚定文化自信的需要。

中华第一家——孔府

孔府是名副其实的中华第一家,府中一景一品,都是圣人家风的体现。

在孔府西学门内,有一口大铁锅,每天孔家的烧水户都会自带薪柴烧水,水沸即回,开水无人使用。这是多年沿袭的祖传之举,不得随意更改,一直延续到新中国成立前夕。其实,这水并非白烧,当中蕴含孔子"见善如不及,见不善如探汤"的深意。祖辈于西学出口处设一锅开水,就是要提醒子孙后代"见不善如探汤",时时拂拭心灵的杂草,日日修炼高尚的情操,保持敬畏,而非心存侥幸。

孔府是一座住宅与官衙合一的建筑,在宅与衙分界处有一道内宅门,门里面有一幅特殊的彩色壁画,上面有一头貌似麒麟的神兽,叫作"贪"。壁画中,"贪"的四周布满彩云,彩云之中全是被它占有的宝物,但"贪"并不满足,仍张着血盆大口,妄图将太阳吞入腹中,终因吃得太多,落了个葬身大海的下场。孔府内宅门照壁上的这幅画名为"戒贪图",绘于明代,其用意非常明显,那就是用"贪"的丑恶形象作为家族正心修身的一面镜子,以告诫子孙,切不可贪婪纵欲。据说,孔府有规矩:每当衍圣公从内宅出来路过照壁时,跟班的差人必须高喊一声:"公爷过贪了!"表面上是出于礼仪向外通报衍圣公要出门,实则是提醒衍圣公到外面后,一定要以德为本,保持清廉俭朴的良好形象。

无论是"探汤"示警还是"贪"壁戒贪,都体现了孔子后裔对于自身道德的追求。这种追求成为家风传统,也是圣人之家屹立千年而不倒的秘密所在。

刘邦后代好读书

汉高祖刘邦登上帝位以后,开始认识到学习的重要性。临死之前,刘邦教育太子"汝可勤学习。每上疏,宜自书,勿使人也"。刘邦所告诫的事情,并非军国大事,而是强调学习。太子刘盈早逝,传承家风的是刘邦的第四个儿子汉文帝刘恒。

汉文帝身边,有一位奇才贾谊。留下千古名文《过秦论》的他,是汉文帝最看重的文臣。汉文帝不仅自己虚心求教,还将贾谊指派为爱子刘揖的老师。而汉文帝宠爱刘揖,也是在于其好学,史称"好《诗》《书》,帝爱之,异于他子"。

汉文帝之后的汉景帝继承家风,他不仅自己好学,而且将文教事业推广到了天下,不仅皇室子孙个个都要学习,天下的官吏也都有义务让辖区内的子民尽可能地接受教化。汉朝文化由此大兴,各地都开始开办官方学堂,民间也有大量专攻学问的读书人出现。

汉景帝的儿子刘德,所藏古书之多,差不多把当时能够找到的书都搜集全了。汉景帝还有一个儿子叫刘彘,七岁时就已经将宫中藏书看了个遍,并能一字不差地复述出来。汉景帝大为惊诧,把他的名字改为刘彻。这个孩子就是后来大名鼎鼎的汉武帝。汉武帝将汉朝国家图书馆的藏书扩充到三万多册,还创立了太学。

此后的西汉皇帝,也是一如既往地好学,屡屡以帝王身份,亲自参与学术活动。至于刘家的学者,也越来越多,其中就有著名学者刘向、刘歆。刘邦后代的好学之风,一直到了东汉,还在延续。

西汉名臣"万石君"

汉代石奋十五岁就追随汉高祖。汉文帝时，石奋做事兢兢业业，为人谨慎小心，得到满朝文武和皇帝的尊重，由朝臣们推举为太子太傅。到汉景帝时，石奋的儿子石建、石甲、石乙、石庆，因为德才兼备，都位居二千石。汉代的二千石官员相当于现在的省部级高官。汉景帝说："石君和四个儿子都官至二千石，作为人臣的尊贵荣耀竟然集中在他们一家。"就称呼石奋为"万石君"。

石奋告老还乡以后，子孙辈有官职的来看望他，石奋一定要穿上朝服接见他们，从不直呼其名。子孙中有人犯错，他不斥责，而是坐在侧旁的椅子上，对着餐桌不肯吃饭。这样，其他的子孙就纷纷责备那个有错误的人，直到犯错误的人裸露上身认错，并表示坚决改正，他才开始吃饭。已成年的子孙在身边时，即使是闲居在家，他也一定穿戴整齐，显示出严肃整齐的样子。子孙后代遵从他的教诲，也像他那样去做。石奋一家因孝顺谨慎闻名于世，当地的儒生和普通百姓都以石家父子为榜样，规范自己的言行。

汉武帝元朔五年，石奋去世。石建因悲哀思念而痛哭，不久也死了。石奋的子孙中，石建最为突出，名望也超过了父亲石奋。石奋的小儿子石庆，汉武帝时做过齐国的丞相，齐国上下都敬慕他们的家风，人民安居乐业，齐人为石庆立了"石相祠"。石庆为人思虑细密，处事审慎拘谨。汉武帝元鼎五年，石庆升任丞相，封为牧丘侯。汉武帝时期，石庆的子孙从小吏升到二千石职位的有十三人。

杨震的"清白家风"

东汉杨震为官多年,官至太尉,一直秉承清廉作风。他不修豪华府第,一直以蔬菜为食,不穿绸缎衣服,坚持步行不乘马车。后来,他因为蒙冤被罢官,决定以死明志,依然要求子女不搞厚葬,用杂木打一口棺材,衣服被褥能够遮住身体就行了,不搞大的墓地,也不建祠堂。有人劝杨震留下一些产业给子孙后代,他拒绝说:"我让后世子孙有清白之名,这就是最大的遗产。"

受杨震的影响,子孙个个为官清廉。杨震家族从杨震起,四代人连续担任最高级别的"三公"职务,每个人都有"清白"之名。杨震的第三个儿子杨秉极其自律,以"三不惑"闻名于世。他不饮酒,不贪财,不好色,当时的人们评价他"淳白"。杨秉的儿子杨赐,官至司徒,同样继承了杨家清正廉洁、刚直无私的风范。《后汉书·杨震列传》中载有杨赐的奏章,他不畏权势,仗义弹劾贪官。杨赐之子杨彪,官至太尉,在担任京兆尹时,毅然处死了作恶多端的黄门令王甫。杨震曾孙杨奇,少有大志,喜与英才、俊才为友,不和豪强富贵者往来,他不献媚求荣,敢于谏言。汉灵帝曾经评价他,"脖子硬,遇事不低头,是真正的杨家子孙"。

杨震被认为是弘农杨氏的老祖宗,"天下杨氏出弘农",杨震传下来的"清白家风"对杨氏后人影响很大。大诗人李白曾经有诗歌颂杨震:"关西杨伯起,汉日旧称贤。四代三公族,清风播人天。"

陆绩与廉石

战国时期，齐宣王少子田通受封于平原陆乡，田通后人以陆为姓。陆氏后人在汉初南迁至吴郡，故有"天下陆氏出吴郡"之说。

吴郡陆氏，人才辈出。三国时，陆家出了两个宰相，他们是陆逊和陆凯。但就对家族精神的铸造而言，最关键的人物是陆绩。

陆绩六岁时，父亲带他拜见袁术。袁术拿出橘子招待，陆绩往怀里藏了两个橘子。临行时，橘子滚落地上，袁术嘲笑道："陆郎来我家做客，走的时候还要怀藏主人的橘子吗？"陆绩回答说："母亲喜欢吃橘子，我想拿回去送给母亲尝尝。"袁术见他小小年纪就懂得孝顺母亲，十分惊奇。

陆绩曾任郁林太守，卸任离开时，除了简单的行装和几箱书籍外，再无别的东西可带。负责运送的船家说："舟轻不胜风浪，难以入海航行。"船家搬了一块大石头用来压舱，方得以平安返归故里。这块石头运回家乡后，陆绩的廉洁美名随之传开，有人还吟诗赞颂："郁林太守史称贤，金珠不载载石还。航海归吴恐颠覆，载得巨石知其廉。"这块巨石也因陆绩被人们称为"廉石"。

陆绩一身兼"孝廉"二德。在家孝父母，是修身齐家的表现；为官清正廉洁，是治国理政平天下的表现。元代郭居敬辑录古代24个孝子的故事，编成《二十四孝》，陆绩"怀橘遗亲"便是其中之一。而那块来自广西郁林的廉石，至今仍矗立在苏州文庙前，成为廉政文化的物质载体。

汾阳王郭子仪

唐汾阳王郭子仪有"再造唐室"之功勋,他名标青史,也是海内外郭氏后裔最为推崇的老祖宗。

郭子仪为唐朝的安定和统一奋斗了一生,在教育子女忠义传家方面也颇有建树。他的八个儿子大多是英勇善战的将领,七个女婿也是达官显贵。由于郭子仪功高盖世,深受皇室青睐,因而其子孙多与皇室联姻,男为驸马,女为贵妃。郭家与唐朝皇室之间,由拆不散的患难君臣关系,到割不断的亲戚联姻关系,连续受尊宠达十代皇帝之久。这在历史上也是罕见的。

其长子郭曜,性格沉着冷静,相貌魁梧,有豪杰之气。年轻时他就跟随郭子仪在节度府任职,进而转战沙场,因破敌平叛有功,晋升为开阳府果毅都尉。唐肃宗至德初年,授曜为卫尉卿,又升为太子詹事,封为太原郡公。

后来,郭子仪长期在外征战,留郭曜在后方管理家中事务。他把内府管理得井井有条,老少都很满意。几个弟弟年幼无知,花钱大手大脚,馆舍花池、车马衣物都比较讲究,而郭曜却十分简朴,给弟妹们做出了榜样。

郭子仪临终前,留下遗书,要郭曜把皇帝赏赐的名马珍宝全部献给朝廷。郭子仪逝世后,郭曜袭封代国公,遵命照办,将四朝所赐之物尽数上缴。德宗接受了这些珍宝,然后又重新赏赐给郭曜。郭曜接到珍宝后,全部分给了各位弟妹,自己则俭朴自居。

陈家"一门四进士"

北宋陈省华有三个儿子。老大和老三都中了状元,老二也是进士及第。陈家父子四人都是进士,故称"一门四进士"。陈省华教子,严而有方。

陈家有一匹烈马,经常踢人。一天,陈省华没看见这匹马,问仆人:"马呢?"仆人说是尧咨少爷卖了。陈省华马上叫来儿子:"你是朝中重臣,怎能把不能制服的烈马转手易人呢?"说着,赶紧命人去追回马,并退还买马钱。

陈家家规极严,有宾客来访陈省华,已经在朝中担任要职的儿子也只能站立左右,弄得来客都很为难。《宋史》说:"宾客至,尧叟兄弟侍立省华侧,客不自安,多引去。"

大儿子位居宰相以后,大儿媳还要每天随婆婆下厨房,于是心有不满,回娘家跟父亲马尚书哭诉。一天,马尚书在上朝的路上碰见了陈省华,两人并肩而行。马尚书便说:"亲家,我女儿从小没下过厨房,不会做饭,你就别让她天天做饭啦。"陈省华听了,心里不高兴,说:"谁让她一个人做全家的饭了?她只是跟着我那笨拙的妻子在厨房打打下手而已。她连下手也不打,难道让她婆婆独自干吗?"马亮听说主持做饭的是陈省华的妻子,深受感动,说:"亲家,这是我的不是了,小女就烦你多多指教了!"

陈省华善于教子,连司马光都赞叹不已:"天下皆以陈公教子为法,以陈氏世家为荣。"

江南钱氏人才之盛

钱氏家族是江南一带有名的名门望族，人才之盛，举世皆知。科学家钱学森、钱伟长、钱三强，国学大师钱穆、钱锺书、钱玄同，外交家钱其琛，诺贝尔奖获得者钱永健，还有几十位两院院士，都是这个家族的佼佼者。他们都有一个共同的老祖宗，那就是五代十国时期的吴越国国王钱镠。

钱镠留下"武肃王八训"，要求子孙后代严格规范自己的行为，坚决抵制金钱的诱惑，严禁骄奢淫逸。

在霸业成就之初，钱镠励精图治，致力于发展江南经济，吴越国在战乱之际堪称"一方净土"。为了时刻警醒自己，钱镠晚上睡觉时枕着一个特制的枕头，在掏空的枕芯上装上一只铃铛。睡觉时只要敌军来犯，远在几十里开外的滚滚马蹄声会让铃声共鸣，他便即刻醒来披挂上阵迎敌。他还在床前放置墨盘，半夜里想到什么事情就随手记下，好在第二天及时处理。

钱镠去世前，对家训进行补充，发展成为《武肃王遗训》，共有十条。后来，钱镠的孙子忠懿王钱弘俶进行了整理和补充，重新编订了《钱氏家训》，从修身、齐家、治国、平天下等各个方面提出要求，成为钱氏家族世代相传的宝贵精神财富。

《钱氏家训》特别重视读书，提出"子孙虽愚，诗书须读"。钱氏祖先是王族，不必抱着"学而优则仕"的功利目的去读书，故后代多纯粹研究知识之学者；钱氏自归顺赵宋以后，为了表示没有政治野心，反复表示子孙读书只是为了报国，故后代多忠良之士。

山东临朐冯氏

山东临朐冯氏家族，自明朝正德至清朝康熙二百余年间，文人辈出，连续七代有人中进士。家族成员仕途显赫，有八人在正史中有传。后世子孙科第蝉联，在文学、理学、史学、医学等领域成就卓越，成为山东地区明清时期影响深远的名门望族。

冯氏家族发展中的奠基人物是冯裕。冯裕在明正德三年考取进士，官至贵州按察副使。他对家族最大的贡献，是开创了良好的家风。他在归隐以后写下不少关于家规、家训的诗歌，为后世子孙定规矩，从而也为族人的官宦仕途打下良好的家族文化基础。冯氏家风归纳起来为："勤奋好学，忠孝传家，兄友弟恭，清正廉明，不阿权贵，文韬武略，才智兼备，进退适宜，不迷恋权贵。"

冯裕有五子，除一子早夭以外，另外四子才华出众，被誉为"临朐四冯"。其中有两人高中进士，另有一子冯惟敏虽然没有考上进士，却是当时的文学大家，以散曲、杂剧、诗文等多方面的成绩在明清文学史上占有重要一席。

冯氏后人至今犹能传承家风，在家族内首创"敦睦会"。和睦宗族，相勉相勖，发扬家风，是敦睦会创设的宗旨。敦睦会设有会约，定期举行，"每会除款叙外，须考问德业，或看何书，或作何文，或治何事，或接何宾友，不可优游度日，不可滥友匪人。凡如此类，难以枚举，务要实心相告，或婉词曲譬，或直言规正，须至诚恳恻，冀其能改。有不悛者，众共斥之。"既明示劝惩，又相互扶持。敦睦会代代相传，成为冯氏家族的一大传统。

江州义门陈氏的家国情怀

江州义门陈氏从盛唐以来绵延1000多年。我国近现代史上的陈宝箴、陈寅恪、陈独秀等都是义门陈氏迁到各地支系的后裔。这些人身上,义门陈氏优良家风的影子仍然依稀可见。

有一次,宋真宗诏见义门陈氏的家长陈延尝,问其家况,陈延尝回答说:"堂前架上衣无主,三岁孩儿不识母,一十五代未分居,农夫不怨耕田苦。"意思是他们家有饭同吃,有衣同穿,聚族为家,以农耕为乐。宋真宗似有不解,问:"子不识母,人生不孝,岂能称义?"陈延尝解释道,义门陈氏无论谁家出生了小孩,都集中起来哺育,婴儿饿了,无论谁家的奶母只要碰上了,就会自觉给孩子喂奶。婴儿断奶后,又统一教他们吃饭,在陈氏家族内用餐,有老年席、成年席、学童席和幼儿席。孩子们在幼儿席吃饭长大,有吃的,有玩的,其乐融融,乐不思母,也在情理中。

义之所至则忧国忧民。至公无私,也是义门陈氏家规家训的核心内涵。宋天圣年间,江州大旱,义门陈氏为了如数交纳国家的税赋,一门三千余口勒紧裤带,连续3个月靠饮菜羹汤充饥。朝廷得知这一情况后,深为感动,赐给其官粮三千石,以补食用不足。家长陈旭看到周边百姓有的连粥都喝不上,便向官府提出,只接受一半,腾出一半粮食用以救济周边困难百姓。皇帝赞曰:"诚哉义门也。"

在良好家规家训的熏陶下,江州义门陈氏长盛不衰。唐宋时期,义门陈氏创造了15代不分家、3900余人口330余年聚族而居、和谐共处的家族奇迹。唐中和四年,唐僖宗旌表"义门陈氏",宋至道二年封义门陈氏为"天下第一家"。据史料记载,义门陈氏先后被唐、南唐、宋3个朝代9位帝王旌表20余次。

书香门第昆山徐氏

清代早期,昆山徐乾学、徐秉义、徐元文三兄弟为官清廉,在文坛上也举足轻重。老三是顺治十六年的状元,老大康熙九年一甲三名进士及第,老二是康熙十二年的探花。徐氏兄弟"皆以鼎甲致位通显",名噪一时,被称为"昆山三徐"。三徐的子孙有不少由科举入仕,特别是徐乾学的"五子登科",更是荣耀乡里。

昆山徐氏祖居常熟,后迁居昆山,祖上出了不少读书之人。三徐的父亲徐开法饱读诗书,精通《周易》,著有《漕政考要通鉴》《甲子会记考证》《易经注义》等著作。三徐的母亲顾氏是大思想家顾炎武的五妹,18岁嫁到徐家。她成长于书香门第,接受过良好的家庭教育。

三兄弟幼年时期,父亲徐开法一直陪伴左右,亲自督导,费了很大心血。徐开法外出时,母亲顾氏也教子极严,"课诵恒至夜午不辍"。三徐成长过程中,舅舅顾炎武也起到了巨大作用。《道光昆新两县志》记载:"乾学幼颖悟绝人,读书一再过,终身不忘。后又得舅氏顾炎武指授,根柢益深。"三兄弟做官以后,仍经常接受顾炎武在为官、治学方面的指导,可谓取法乎上。

现在昆山中学的校址,是清康熙年间的尚书第,主人为徐乾学。徐乾学一生酷爱藏书,在其为官期间,特别是在告老还乡之后,修建了藏书楼,取名为"传是楼"。传是楼贴的对联是:教子有遗经,诗书易春秋礼记;传家无别业,解会状榜眼探花。短短24字,期望子孙后代读书成才的良苦用心表露无遗。

藏书世家常熟翁氏

翁氏为明末以来常熟八大家族之一，勤奋读书是翁家世代恪守的祖训，所谓"富贵不足保，惟诗书忠厚之泽可及于无穷"。读书有赖藏书，常熟又是明清以来私家藏书中心地，翁氏受熏陶，逐步建立起家族藏书。

翁氏藏书始于常熟翁氏七世祖翁蕙祥、宪祥、懋祥、应祥、愈祥兄弟，历时400多年10多代，是罕见的藏书世家，有祖孙藏书家、夫妇藏书家、兄弟藏书家。

翁氏继承了虞山派藏书家的藏书开放思想，强调藏书开放、读书用书、读书做人。翁同龢购得书后并非束之高阁、秘不示人，而总是找合适的机会介绍给朋友，让同好一起鉴赏，共同享受，现存翁氏珍贵的古籍上留有的题记文字便是明证。不仅如此，翁同龢还主动将私人藏书刊刻印刷，使更多的人能够看到。翁氏后人在后来，毅然将珍藏捐赠给国家，为此受到相关部门的奖励。翁氏为读书而藏书，藏书又是为了读书、用书。翁氏终生与书为伴，丹黄未曾离手，所藏之书多经家族成员的校勘、装治，留下许多批校注本以及题跋本。

在翁氏故居"彩衣堂"大厅壁挂有对联："绵世泽莫如为善，振家声还是读书。"这是翁氏祖训，倡导读书振家。相传翁同龢为瞿氏铁琴铜剑楼题联并书"入我室皆端人正士，升此堂多古画奇书"，强调藏书、读书与品行修养的关系，要求好读书、读正书、做好人。

训诂宗师"高邮二王"

王念孙、王引之父子是清代著名的训诂学家,并称"高邮二王"。

王氏父子出身于传统的书香门第,王念孙的祖父王曾禄曾勉励子孙,为官要为国家长远计,应该"制节谨度,以身先之",清简廉洁才能避免误入歧途。王念孙的父亲王安国也曾写信告诫他,为官要"馈遗一无所受,燕会一无所与"。由于有先人教导,王念孙、王引之父子在考取进士以后,长期身居高位,一直保持清廉之风。

高邮王氏父子在学术上取得巨大成就,与王氏家族读书之风有关。王念孙幼年时母亲去世,其父王安国将他带在身边,教他阅读儒家的《十三经》以及《史记》《资治通鉴》等历史著作,同时勉励他做一个诚实不欺的忠信之人。王引之出生后,王念孙将一部王安国手抄的《童蒙须知》放在他的床头,让他从小就诵读默念,按照祖父期望,时刻不忘读书明理。

王念孙注释《广雅》时,每日疏证三字,从不间断,花了十年时间写成《广雅疏证》。后人评价此书说:"一字之证,博及万卷。"王念孙67岁退出官场,专门从事著述,花了20多年时间写成《读书杂志》,共82卷。王引之的《经传释词》,同样是训诂学方面的不朽之作,精心研究中国传统经史著作中的虚字,涉及160个字,共十卷。

王氏父子的著作立说严谨,博大精深,在学术史上占有重要地位,被称为"一门绝学,两代宗师"。

"立德""修身"的郭氏

晚清名臣郭嵩焘的故居内，有两株石榴树对着书斋，故名"面榴轩"。在这个灰瓦白墙的斑驳宅院中，有一副楹联悬挂于祠堂两侧的大门上，"文章千古事，忠孝一生心"。这副楹联所强调的"立德""修身"等家风家训，对郭氏后人产生了深远影响。

郭嵩焘的父母，自觉传承家风家训，尽力培养子女。其父郭家彪精通医术，矜贫恤独，经常施药乡里，深受乡邻尊重。郭嵩焘之母亦遵循家训，对教育后代特别用心。郭嵩焘的母亲极讲究品端行正，家中虽数世经营商贷，却从不许子弟沾染一丝铜臭气。她毕生的精力，都倾注在儿子的读书仕进上。1847年，郭嵩焘进士及第，跻身士林。1849年夏，湘阴大水，郭嵩焘协助知府夏廷樾办理赈务，终日辛劳，疲于奔命。当时，其母亲重病，郭嵩焘于百忙之中回家探视，母亲反而大声斥责他："不顾灾民，回家探视，这是徒增我的烦恼！"

守志明礼的郭嵩焘，对家族成员的要求十分严格。他赋闲在家时立下严规，凡赌博、吸鸦片者必须改姓。郭嵩焘去世前，留下绝笔《枕上作七首》，其一曰："三人同瘦命偏长，共道吾家兄弟强。儿辈尚能规进取，莫忘先世有书香。"在郭嵩焘的教诲下，郭氏子孙不忘祖训，勤修道德，专攻文章，在多个领域皆有所成。

林则徐的《十无益》

林则徐是中国历史上伟大的爱国主义英雄。从为官之日起，林则徐就牢记父亲"不妄取一文"的家教，并奉行终生。他曾写过一副有名的对联告诫后代："子孙若如我，留钱做什么？贤而多财，则损其志；子孙不如我，留钱做什么？愚而多财，益增其过。"他曾经在《赴戍登程口占示家人》诗中说："苟利国家生死以，岂因祸福避趋之。"

林则徐曾经手书《十无益》格言，作为修身处世的标准：一、父母不孝，奉神无益；二、存心不善，风水无益；三、兄弟不和，交友无益；四、行止不端，读书无益；五、作事乖张，聪明无益；六、心高气傲，博学无益；七、时运不济，妄求无益；八、妄取人财，布施无益；九、不惜元气，医药无益；十、淫恶肆欲，阴骘无益。这十句话不仅是林则徐教育子孙的家规，也是林则徐以德存世的范本，至今影响深远。

林家有一个家族传说：除夕之夜，邻居听见林家欢天喜地地在吃年夜饭，好奇地从矮墙上探望过来，所见到的却是这一家大小十多人，围在一起津津有味地享受唯一的一大盘素炒豆腐。林家夜间照明只用一盏油灯，平时只放一根灯芯，到了大年夜，才加点一根灯芯。林则徐显达后，林家过年依然是那盏油灯和一盘素炒豆腐，以纪念往日的艰辛和家人之间的团结和睦。

曾国藩曾经写信给弟弟曾国荃说："听说林则徐三个儿子分家，各得钱六千串，他做了20年的总督、巡抚，只有这么一点家产，官德修养不是你我能够相比的，我们这些人应该向他学习。"

胡林翼不取一钱自肥

自胡林翼的祖父胡显韶开始，胡氏家族就十分重视家规的教化作用，曾定下胡氏家训家规十条。父亲胡达源撰有《弟子箴言》，胡林翼的家书中也包含着清廉为官、节俭用度、崇礼尚学等治家之言。胡氏家风"端敏恒毅，公勇勤朴"，对于教育胡氏后裔作用极大。

胡林翼是胡氏家族的杰出人物，他为官清廉，用人公正，与曾国藩齐名，同为晚清名臣。

胡林翼在贵州为官时发誓，"誓不取官中一钱自肥"。上任伊始，胡林翼即带头捐俸，倡导官绅百姓集资兴工筑渠，解决旱季供水难题，百姓大悦。他认为现在天下之乱不在盗贼，而在人心。因此"用兵不如用民"，"用兵"只能治标，收一时之功，"用民"才是治本，享长久安定。他先后在安顺、镇远、思南、黎平任知府，做了不少有益百姓的事情。

胡林翼对待宗族戚党也从不肯有半点宽容。在黄州时，他的一个族人上门投靠，胡林翼一连数月供他吃喝。一天族人忽然说要走，问他原因，他说某营官奉命调动时用了些钱，邀请一起前往。胡林翼听完大怒，找来营官说："我的亲戚靠我的经济力量难道还不够庇护他们吗？你们借此结纳他们，这风气一开，以后还有个头吗？姑且记你一过，以儆后来。"然后给了族人回去的路费，并通告所有下属，用人应该秉公办理，不应该徇私枉法，只讲究人情。若经查出，立即处置。

俞樾的诗书传家

清代学问大家俞樾所在的俞氏家族是一个读书世家。俞樾深受家风熏染，身体力行予以实践，特别关注对子孙的教育，悉心抚育了孙子俞陛云、重孙俞平伯。虽然自己的两个儿子因为种种原因难以继承父业，但他没有放弃家业的传承，转而全力培养孙子俞陛云。

俞樾特意为他编写了课本《曲园教孙草》，教其开笔作文，而俞陛云也果然不负所望，喜中戊戌（1898年）科探花。然而，俞樾贺俞陛云探花及第的对联写得冷静而清醒："湖山恋我，我恋湖山，然老夫耄矣；科第重人，人重科第，愿吾孙勉之。"下联意为，他人都看重科第，热衷于功名利禄，你是我的孙儿，可不能这样啊。

俞陛云及第后历任四川副主考、浙江图书馆监督、清史馆协修，能恪守祖训。在特殊时期，俞陛云宁以卖字鬻画为生，也不与伪满政府合作，保全了自己的气节。

除俞陛云外，俞樾家族还有另一位始终恪守家风的人物——著名红学家俞平伯，他是俞陛云的儿子、俞樾的曾孙。受长辈们的影响，俞平伯也十分重视对子孙的教育，他曾在诗中写道："但使家儿都自玉，会延祖德到云昆。"如果后代都能像玉一样珍重自己、崇德向善，优秀的家风就不会衰败，家族的发展就不会中断。

俞樾有诗云："薄官不能一朝留，清风可以百世祀。"在他的教育下，其后人均能延续祖德，讲求诗书传家、德厚流光，体现了优秀家风家训传承的伟大力量。

永不忘本的太谷曹家

明末清初，山西太谷曹氏十四世祖曹三喜在辽东经商发迹，跻身晋商巨贾的行列。清道光、咸丰年间曹氏家族声势臻至全盛。当时曹家商号遍及东北、华北、西北及华中各大城市，远至俄罗斯等国，积累资本达千余万两。

曹家发迹后，始终不忘根本，他们勤俭持家，踏实干事，还非常重视家族的教育。曹氏一族在家中设立"普合堂"供奉先祖曹邦彦谋生使用过的小推车和几口砂锅，以及曹三喜闯关东时创业用的扁担、石磨及豆腐筐等物。逢年过节，曹氏家族就会选出一位长辈在堂内主持祭典，警示后人要勤勉创业、永不忘本。不仅如此，曹家还设立号规，规定所有曹氏商号每年须磨豆腐三次。

"子孙虽愚，经书不可不读。"家业兴起后，曹家十六世祖曹兆远于乾隆初年设立家塾，聘请塾师专门教授曹家子孙。塾馆门上的一副对联，很能说明曹家当家人的心思："古今来许多世家无非积德，天地间第一人品还是读书。"除了严格的家教，曹家还以明文家规约束子弟言行。曹家为了告诫子弟吸毒与赌博的危害，特地镌刻了"戒烟"和"戒赌"两通碑。

曹家家塾所请塾师多为曹氏商号中德高望重的掌柜，他们不仅能写会画、社会经验和商业经验丰富，且品德高尚。曹氏家族办家塾，不仅教孩子识文断字，更培养他们的道德情操。在族中长辈和私塾老师的严格教育下，曹家培养出很多杰出人才。

周家大院的书声永振

零陵富家桥贤水河畔，锯子岭下，有个被誉为最富乡土风情的村庄，这个村庄就是名驰天下的周家大院。

走进周家大院，尚书府门楼一副意味隽永的对联赫然在目："一等人，忠臣孝子；两件事，读书耕田。"

周家大院的人们抱着"兴门第不如兴学第，振书声然后振家业"的坚强信念，坚定不移走读书做官之路，始终不渝地从书声永振之途。周家大院的《周氏家规十六条》中的第九条明文写着"立斋塾"，专门讲了读诗书、育后人、倡礼义的问题。

周家大院的人们牢记祖训和家规，始终把读书当成育人成材、光耀祖宗、振兴家业和知书达礼的第一要务，周家大院的人们纵然家里再穷，在送孩子读书方面也从不含糊，砸锅卖铁也要送子女去学习。以读书兴家、以读书知礼、以读书修身、以读书报国，读书成为周家大院人们的统一共识。

周家大院流传着许多尊师重教、奋发读书、卖田藏书的故事，如今读起来依然感人肺腑。据《周氏宗谱》《周家古韵》和当地老人述说，周自公的六世孙周承叔，年轻时家境十分贫穷，父亲为了让其能读书，忍痛割爱将其过继给叔父。周承叔与堂兄周文孙、族兄周崇傅每天秉烛夜读，常"三更灯火五更鸡"，纵然是在大雪纷飞的寒冬季节，也不例外。

周家大院因尊师、重教、好学，500年弦歌不断，为国家培养了一批批顶天立地的"中国脊梁式"的风云人物，他们或以文雄，或以政显，或以传道授业闻名于世。

苏州贝氏世代书香

华人建筑师贝聿铭享誉世界，他出生于苏州贝氏家族。明朝中叶，原籍浙江的贝兰堂定居苏州，以行医卖药为生，成为苏州贝氏的始祖。到了清朝乾隆年间，贝氏因经营中药业成为苏州四富之一。贝家崇尚知识，历来重视教育。男孩女孩除了读书学习，还要参加劳动，男丁必须做事是贝家祖训。

贝家历史上从未出过提笼遛鸟的公子哥。贝聿铭的祖父贝理泰青少年时成绩优秀，中过秀才，但不幸父亲去世，他只好放弃仕途，打理父亲留下的产业。经过七年的苦心经营，他将家族产业经营得十分红火。贝聿铭的叔祖父，"颜料大王"贝润生认为，"以产遗子孙，不如以德遗子孙，以独有之产遗子孙，不如以公有之产遗子孙"，把自己花巨资修缮一新的狮子林，给全体族人享用。此外，他在园子里设立了贝氏祠堂，并在旁边捐资建立了贝氏承训义庄，用来赡养、救济族人。

贝聿铭的父亲贝祖诒毕业于苏州东吴大学，贝聿铭先后在麻省理工学院和哈佛大学攻读建筑学，而他的四个子女，其中三个儿子毕业于哈佛大学。贝聿铭把三个儿子取名，定中、建中、礼中，三个儿子取名寓意安定中国、建设中国、礼仪中国。有见过三兄弟的人说："在贝氏兄弟身上可以隐约感觉到一种贵族气质，这不单源于他们显赫的家族历史，更重要的是那种骨子里雷打不动的自信心和绝不卑躬屈膝的处世方式。"

子	路
负	米

子路家境贫困时,自己吃的是粗陋的野菜,而去百里之外给父母买米吃。后遂用"负米""负米百里"等表示奉养父母或为奉养父母在外谋求禄米。

罗念生三代与希腊文化结缘

罗念生家族与希腊文化三代有缘。罗念生从20多岁开始研究希腊文化。60多年中,他几乎翻译了全部的古希腊经典文学和戏剧,制定了《希腊拉丁专名译音表》,主编了《古希腊语汉语词典》,译著和专著近千万字、五十余种,填补了我国多项空白。

1986年,中央戏剧学院排演《俄狄浦斯王》。导演是罗念生的长子罗锦鳞,当时已在中戏导演系任教。这是古希腊戏剧在中国的首次公演。起初只计划演5场,结果演了20多场,不但受到中央和北京市领导的肯定,还吸引了希腊驻华大使观看。从此以后,罗锦鳞在国内外执导了十多版古希腊题材戏剧,尤其是用河北梆子演出的《忒拜城》《美狄亚》、用评剧演出的《城邦恩仇》。这些戏剧为中西戏剧的借鉴融合提供了优秀范本,也向西方推广了中国戏剧。

罗锦鳞的女儿罗彤在希腊创立了乾合文化交流中心,教授汉语、武术、书法、绘画等中国文化,致力于中欧文化交流;同时也继承了祖父的事业,翻译现代希腊戏剧和诗歌。2004年雅典奥运会期间,中国中央电视台播出了一部介绍希腊历史、文化、民俗的16集纪录片《走希腊》,该片的策划和嘉宾主持就是罗彤。罗锦鳞评价女儿的成就:"她的汉语学生几千名,比我的学生多得多,其中包括希腊驻华大使馆的前任外交官。"

罗家三代人致力于中西文化交流,成就斐然的同时所形成的好学家风,必将造福一代代子孙。

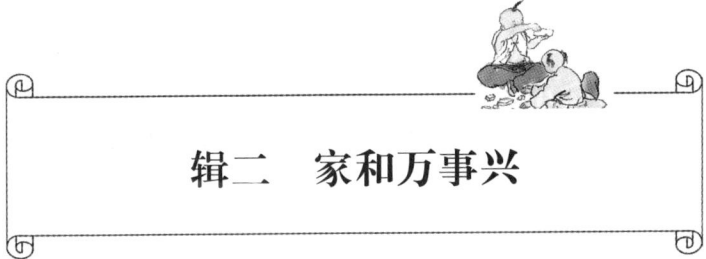

辑二　家和万事兴

家庭生活的和谐是个人幸福的基础。家,是一种情感牵挂,更是安身立命、修身立德的起点。"礼之用,和为贵",和文化是中华人文精神的核心和精髓。家和万事兴体现了中国传统文化中的和谐融合关系,展示了人们向往和谐美满生活的愿望。家庭和谐首先是夫妻之间的和谐,在传统宗法家族社会中,还包括亲戚之间的互敬互爱。家和则家庭兴、家国兴、万事兴。

乐羊子妻

春秋时期的名将乐羊子，年轻时曾经在路上拾到一块金子，带回家交给妻子。妻子说："我听说有志气的人不喝盗泉的水，清廉的人不接受侮辱性的施舍，何况捡别人遗失的金钱来求利，以至于败坏自己的品行呢？"乐羊子非常惭愧，就把金子丢弃在野外，然后到远方求学去了。

一年过后，乐羊子回家了。正在织布的妻子问："你已经学有所成了吗？"乐羊子说："不，我在外面游学久了，想家了。"妻子很生气，立即操起一把剪刀，把没织完的绸子剪断了，然后说："一根丝虽然很细很细，但只要不断地织，就能由一丝织成一寸，由一寸积累成一尺，由一尺积累成一丈，由一丈积累成一匹。君子求学，每天都要力求有所进益，现在你半途而废，和剪断的绸子有什么不同呢？"乐羊子听了妻子的话，很受启发，又外出学习，整整七年没有回家。

七年之中，乐羊子妻起早贪黑，辛勤劳动，来养活婆婆，可用织成的布匹换来的只是粗茶淡饭，勉强糊口。一天，别人家的鸡误入了她家的菜园子，婆婆因为好长时间没有吃到荤菜了，捉到鸡二话没说就把它宰了煮着吃。媳妇知道这鸡是别人家的，就哭了起来，一口也不吃。婆婆奇怪地问："难得有鸡吃，你还哭啥呀？"媳妇没有责怪婆婆贪小利，反而自责道："是我不好，没有把家安排好，致使饭里面有别人家的鸡肉啊。"婆婆听了，很是惭愧，以后再也不占人家的便宜。

乐羊子学成归来后，被魏文侯拜为大将。

白衣尚书郑均

汉朝郑均,他的哥哥在县衙里当差,常常收受礼物。郑均知道了,就出去做工,把所得的财物交给哥哥,劝说道:"缺少财物可以用劳动来获得,若做官受贿犯罪,一生的名誉就都毁了。"哥哥听了深有感触,后来就再也不收礼了。哥哥死后,郑均对寡嫂和侄子既有恩,又有礼,承担起照顾抚养的责任,他的美名便传开了。

东平郡守征召郑均做官,郑均称病在家。郡守只好派任城县令逼他出山,郑均也没有屈服。为摆脱州县的威逼纠缠,他偷偷逃到河南濮阳躲起来。后来,丞相鲍昱下令征召,郑均不得不出来应召,成为丞相府的属吏。郑均因直言敢谏,深受汉章帝信任,被任命为尚书,在皇帝身边处理政务。郑均在皇帝身边勤恳工作了三年,因病请求退归故里。皇帝未予批准,将其改拜议郎。不久,郑均称病,皇帝方准其退休归里,并赐以衣冠。

元和元年,汉章帝诏告东平郡守,对回到家乡的郑均进行褒奖赏赐。诏书上,章帝称赞郑均青年时"安贫""恭俭";任尚书时勤于政务,抱病工作;到了老年,愈加坚贞不移地"守善",对自己毫不懈怠,保持了晚节。因此赏赐他谷千斛,要求每年八月官府长吏到他家中慰问,赐羊、酒。第二年,汉章帝对他给予了更重的超高规格的褒奖。这一次,汉章帝不顾舟车劳顿驾临任城,亲至郑均家中,当面赐其终身享受尚书的俸禄。郑均成了白衣平民,皇帝仍赐其终身享受尚书俸禄,故时人称之为"白衣尚书"。

争先赴死的赵氏兄弟

汉朝人赵孝与弟弟赵礼的感情非常深厚。

当时王莽篡政,盗贼蜂起,天下大乱。老百姓食不果腹,衣不蔽体。赵孝的弟弟赵礼被盗贼掠去,赵孝为救弟弟,把自己绑了,来到盗贼所居之处,对盗贼说:"弟弟赵礼身瘦,不如我肥胖,请你们烹我吧。"

盗贼被赵孝的义气所感动,立刻释放了赵礼。盗贼对赵孝说:"你回去,要给我们送粮食来。"

赵孝答应了。回来后,赵孝到处都没弄到粮食,又回到盗贼处,对盗贼说:"弄不到粮米,还是烹我吧。"

弟弟不忍心哥哥被杀,哭着说:"被捉来的是我,被你们吃掉,这是我自己命里注定的,可是哥哥他有什么罪过呀?怎么可以让他去死呢?"

这些强盗原本大多是民间百姓,只因乱世才走上了杀人放火之路,听着兄弟互相争死的话语,望着手足之间舍身相救的场面,他们内在的良知被唤醒了,随即放走了兄弟两人。

这件事情发生后,乡里人都称赵孝、赵礼兄弟情深,官府出榜表扬。汉明帝听说赵孝兄弟俩是贤人,下诏任命他们为朝廷官员。后人沈钦琦有诗《咏赵孝庐》曰:"步行蕲东门,荒原多古木。人言赵长平,曾次结茅庐。缅公笃孔怀,里称好叔伯。匪贼出山东,焚掠搜穷谷。食弟孝争肥,虎口全骨肉。慨想凡今人,谁如我同父。读诗悲角弓,阋墙何簌簌。安得千长平,起以抵玩俗。"

举案齐眉

东汉梁鸿品德高尚,许多人想把女儿嫁给他,梁鸿就是不娶。同县孟氏有一个女儿,长得又黑又肥又丑,而且力气极大,能把石臼轻易举起来。每次为她择婆家,她就是不嫁,已三十岁了。父母问她为何不嫁。她说:"我要嫁像梁鸿一样贤德的人。"梁鸿听说后,就下聘礼,决定娶她。

哪想到,婚后一连七日,梁鸿一言不发。孟女就来到梁鸿面前跪下,说:"妾早闻夫君贤名,立誓非您莫嫁;夫君也拒绝了许多家的提亲,最后选定了妾为妻。可不知为什么夫君默默无语,不知妾犯了什么过失?"梁鸿答道:"我一直希望自己的妻子是位能穿麻葛衣,并能与我一起隐居到深山老林中的人。而你现在盛装打扮,这哪里是我理想中的妻子啊?"

孟女听了,对梁鸿说:"我这些日子的穿着打扮,只是想验证一下,夫君你是否真是我理想中的贤士。妾早就准备有劳作的服装与用品。"说完,便将头发卷成髻,穿上粗布衣,架起织机,动手织布。梁鸿见状,大喜,连忙走过去,对妻子说:"这才是我梁鸿的妻子!"他为妻子取名为孟光,字德曜,意思是她的仁德如同光芒般闪耀。

后来,夫妻二人隐居避世,靠梁鸿给人舂米过活。每次归家时,孟光将放着饭菜的托盘高高举起,跟眉毛一样高,以表示自己的敬爱。梁鸿也是以礼相报,双手据地,然后接过托盘,两个人才开始吃饭。成语"举案齐眉"就是这样来的,后人用来形容夫妻恩爱。

琅琊王氏讲孝悌

魏晋南北朝时期，琅琊王氏是最为著名的高门世族。唐人有诗说："旧时王谢堂前燕，飞入寻常百姓家。"其中的"王"，就是琅琊王氏。琅琊王氏历史上，有两位关键人物，他们是王祥、王览。

"二十四孝"中，"卧冰求鲤"的故事，就是说的王祥。《晋书·王祥传》记载："父母有疾，衣不解带，汤药必亲尝，母常欲生鱼，时天寒地冻，祥解衣将刨冰求之，冰忽自解，双鲤跃出，持之而归。"

这个故事中的母亲是王祥的继母朱氏。尽管王祥是个孝子，继母朱氏却总是想置他于死地。幸亏弟弟王览保护，才得以幸免。王览是朱氏的亲生儿子，每当朱氏鞭打王祥时，王览就哭着抱住王祥。朱氏使唤王祥干什么，王览便与王祥一起去干什么。朱氏虐待王祥的妻子，王览的妻子也赶紧跟去，甘愿与王祥妻子在一起受虐待。朱氏想用毒酒害死王祥，王览抢过来就喝。朱氏害怕王览被毒死，就不再这样做了。

王祥临终之时，留下《训子孙遗令》，为王氏家族立下家训，主要内容是提倡孝悌等伦理道德。王氏后人中，王僧虔作有《诫子书》，王褒著有《幼训》，王筠著有《与诸儿书论家世集》，都要求孝悌传家，立身行道。据不完全统计，琅琊王氏后人中，有90多人位居宰相，有著作传世者近百人，其中包括王导和王羲之这样的杰出人物。

张敞为妻画眉

西汉张敞品德高尚，很懂礼节。他曾经在盗匪横行的胶东任最高行政长官国相，赏罚分明，恩威并施，逐渐实现了政通人和。后来，他被提拔到京兆尹的位置上。当时，京城治安非常不好，担任京兆尹的官员长则两三年，短则几个月，就要丢官。张敞采取"擒贼先擒王"的办法，深入市井研究实际情况，严惩首恶之徒，京城风气大为改观，"枹鼓稀鸣，市无偷盗"。连当时的天子都很欣赏他，他一共担任了九年京兆尹。

张敞为官，赏罚分明，碰到恶人决不姑息，但也经常宽恕犯小过者。他在朝堂上敢于发表见解，为民请命。对各类案件处理适宜，大臣们都非常佩服他。张敞为人不拘小节，不讲究做官的威仪，有时下朝，经过章台街时，让车夫赶马快跑，自己用折扇拍马。

张敞的妻子因为年幼时受过伤，眉角有了缺陷。他每天早上都要替妻子画过眉毛后，才离开家去上朝，长安城中传说张京兆画的眉毛很妩媚。负责纠察大臣作风的官员，知道张敞的事情后，就用这些事来参奏张敞。汉宣帝就问张敞有没有此事，张敞回答："我听说闺房之内，夫妇之间亲昵的事，有比描画眉毛还过分的。况且，您注重的是我的才学。"这句话的言外之意就是说，皇帝注重的是我的才学，我和我老婆之间的事情，不必关注。皇帝爱惜他的才能，没有责备他，反而将他们树立为夫妻恩爱的典范。

李勣煮粥

唐李勣，字懋功，本姓徐，太宗赐姓李，以功封英国公。他刚担任宰相的时候，返乡探亲，发现姐姐生病了，于是就留下来侍候姐姐，每天亲自给姐姐煮粥。煮粥时，火候的控制非常重要。火大了，粥就会煮糊。火小了，粥就会煮不熟，米粒会很硬，难以下咽。为了控制火力大小，李勣对着火炉吹气，一不小心把火苗吹了出来，火苗烧焦他的胡须。李勣赶紧弄灭胡须上的火苗，紧接着又煮粥，一心要给姐姐煮一碗好吃的粥。

古人认为"身体发肤受之父母"，不能轻易损伤。一旦损伤，就是对于父母的不孝。但李勣只关心姐姐能不能吃上可口的食物，已经全然不顾他的胡须了。

姐姐知道李勣为了给自己煮粥而烧坏胡子后，心疼不已，就劝他说："家里仆人、侍妾那么多，何必自己亲自去做，这么辛苦干什么呢？"李勣立即回答："您病得这么重，让其他人照顾，我不放心。您现在年纪大了，我自己也老了，就算想一直给您煮粥，也没有太多机会了。姐姐年长于我，小时候是您照顾我，现在就请让我来照顾您吧。我能为姐姐煮粥的机会越来越少了。我想着常常替姐姐煮粥，可哪里能够呢？"

李勣身居要职，家里仆从也很多，却亲自侍奉姐姐，与普通人没两样，实在是难能可贵。

郭暧醉打金枝

唐代大将郭子仪共有八个儿子。六子郭暧是野史中最有名的一个，也是出现在电视剧中次数最多的一个。郭暧与升平公主"醉打金枝"的故事在民间广为流传，至今仍然不断出现在舞台和荧屏上。

郭暧在十余岁就被赐婚，成为升平公主的驸马。升平公主颇得代宗宠爱，有些任性，却十分善良。升平嫁入郭家后还是保持着自己公主的作风，动不动就对郭家人发脾气。郭子仪大寿时升平公主不肯去给郭子仪拜寿，气得喝醉酒的郭暧把升平教训了一番，还说出大逆不道的话。

公主大怒，便回宫向代宗和皇后哭诉，代宗了解待因后，责备女儿不该不去拜寿。但公主一味撒娇不肯认错，代宗假意要斩郭暧为她出气，公主反被吓得没了主意。郭子仪听说郭暧打了公主，绑子上殿请罪。换来代宗一句"不痴不聋，不做阿家阿翁"。

打金枝这件事一出，唐代宗让升平公主以子媳身份敬侍公婆，礼让驸马。经过这一次的折腾与教训，升平公主一改往日骄纵，开始一心一意相夫教子，孝敬公婆，尽心尽力地扮演着郭家媳妇的角色。在她的教育下，他们的儿女也都安分守己不辱家风。后郭暧一门，有五人为当朝驸马，还出了一女嫁给唐宪宗为后，就是历史上以贤德著称的郭太后。在唐宪宗驾崩时，她年幼的儿子唐穆宗继位，宦官们要求她临朝听政，郭太后则称："昔武后称制，几倾社稷，我家世守忠义，非武氏之类也。太子虽幼，但有贤相辅之，何患国之不安？"而郭氏子弟在朝中为官的，也由郭太后之兄郭钊领衔启奏云："为避嫌隙，臣请先率诸子辞官归田。"

郭氏家风,由于升平公主的收敛从贤而流布后代。因此,郭暧"打金枝"的故事也流传后世,为人津津乐道。

三槐堂王氏和谐友爱

北宋名相王旦的父亲叫作王祐,因为得罪了宋太祖,没有能够做到宰相,有点生气,就在自家堂前种了三棵槐树,说:"吾子孙必有为三公者。"后来,王氏这一支就以"三槐堂"为堂号。三槐王氏,得以壮大,最重要的人物是王祐的儿子王旦。

王旦非常注重家族内部的和谐,《三槐堂王氏家训》即出自王旦之手,家训说:"为臣必忠,为子必孝,为兄必爱,为弟必敬,为妻必顺,毋徇私以伤和气,毋因私故以绝恩义,毋惹闲非,以扰门庭。毋耽曲蘖以乱德性,有一于此,是悖祖宗教训,族共责之。"

他居家时从不发脾气。家人要试探他,在肉羹中投入灰尘。王旦只吃饭而已,家人问他何以不吃肉羹,王旦说:"偶尔不想吃肉。"第二次试探,干脆连饭也弄脏。王旦也不责问,只说:"今天不想吃饭,可另弄些稀饭来。"

王旦侍奉寡嫂有礼节,与弟弟王旭友爱甚笃。家人打算用丝绵装饰毡席,王旦不同意。有人卖玉制的腰带,弟弟认为很好,呈给王旦,王旦命弟弟系上,问道:"还见得好不好?"王旭说:"系着它怎么能自己看见?"王旦说:"自己负重而让观看的人称赞好,这不是劳烦吗?"王旭赶快归还玉带。

受王旦影响,王氏后代英才辈出,子侄辈《宋史》有传者就有11

人。在王旦清白家风影响下，他们都能做到廉洁自律，得到时人和后人的好评。

现在，全国王姓有百分之四十的人自称"三槐堂"王氏，认王旦为老祖宗的后裔有数千万。这说明了"家和万事兴"，厚德之人自然福泽绵远。

苏氏兄弟情深义重

苏轼和他的弟弟苏辙不仅以才华著称于世，也以兄弟情深昭示后人。兄弟俩从小在一起读书，未曾分离一日。苏辙曾说："我小时候跟着哥哥跋山涉水，有危险总是哥哥照顾我。"他曾经写诗说："自信老兄怜弱弟，岂关天下无良朋。"

苏轼初任凤翔签判时，是兄弟二人第一次远别。弟弟苏辙从京城开封送他，一直到郑州西门之外，才独自骑马夜返。苏轼恋恋不舍地望着归去的弟弟，写下了《辛丑十一月十九日既与子由别于郑州西门之外马上赋诗一篇寄之》，诗中有："登高回首坡垅隔，但见乌帽出复没。苦寒念尔衣裘薄，独骑瘦马踏残月。"

后来，由于政治上的派别斗争，苏轼被关进了当时的中央监狱。这一关就是103天。苏轼在狱中几度欲自杀，可是料想弟弟苏辙也不肯独生，只得放弃了念头。一天，平时给他送饭的大儿子苏迈去筹钱，父子曾经约定"若有不测，则送鱼"，临时代为送饭的人不知此事，送了一条熏鱼。苏轼见状大哭，自料必死，写下两首诀别诗给弟弟苏辙。宋神宗读了，也为其深情和才华感动，其中一首的最后两句是："与君世世为兄弟，更结来生未了因。"

苏辙读罢，也放声大哭，上书请求以自己的官职为兄赎罪，未获批准，还遭牵连被贬官。苏辙不仅没有丝毫怨言，还将哥哥的家小接到自己家中安顿。

苏轼66岁病逝，苏辙遵兄遗愿，将其葬于河南郏县，亲撰《东坡墓志铭》，其中有："扶我则兄，诲我则师。"11年后，苏辙也病逝，与兄长安葬在一起。

义门陆氏

中国文化中，程、朱、陆、王是孔孟以后的儒家大思想家。其中的陆，指的是陆九渊。陆九渊是心学的创始人，他的思想在明代由王阳明发扬光大，影响深远。

陆氏始祖为晚唐宰相陆希声之孙陆德迁，五代末年为避战乱，携家带小从江苏宜兴县君阳山迁至抚州金溪青田里。第五代陆贺，通晓孔孟之学，生有六子，九思、九叙、九皋、九韶、九龄和九渊，皆学识不凡，卓然有所成就。其中，九韶、九龄、九渊三兄弟还都成为南宋著名学者，人称"金溪三陆"。

据记载，陆九渊出生时，同乡有人想抱养。父母因为儿子太多就答应了。陆九思坚决反对，父母才改变了主意。那一年，陆九思也生了个儿子，名叫陆焕之。陆九思对妻子说："把我们的儿子寄养到种田人家去，你给小叔喂奶吧。"

金溪陆氏从始祖陆德迁迁至金溪，到陆九渊的父亲陆贺当家时，还是数代同堂，未分田亩，合灶吃饭，保持着"诗礼簪缨"的大家遗风，被称为"青田河畔樵农客，云林山下宰相家"。

南宋理宗淳祐二年（1242年），朝廷敕旌陆氏义门："江西金溪青田陆氏，代有名儒，载诸典籍，聚食逾千指，合灶二百年，一门翕然，十世仁让。特加褒奖，光于闾里，以励风化。"

中国古代，被敕封为"义门"是家族的最高荣誉，金溪陆氏成为中国家族史上礼仪之家的典范。

陆氏兄弟中的陆九韶著有《家制·居家正本篇》，要求后世子孙读书明理、孝亲和睦、仁义为本。陆氏家族之所以人才辈出，与陆氏一门治家严谨有着密切的关联。

"孝义之门"郑氏家族

明代郑湜，有个哥哥叫郑濂。郑家十代没有分过家，有人诬陷他们家和叛党胡惟庸有来往。郑湜来到官府自首，请求把自己押解到京城去。这时候，哥哥郑濂对他说："我是一家之长，当然是由我去认罪。"郑湜说："哥哥年纪大了，应当由我去服罪的。"两个人抢着要到监牢里去。明太祖皇帝知道了情况后说："我知道郑家绝不会有这样的事情，一定是人家诬告他们的。"明太祖没有追究此事，还任命郑湜为左参议，让他举荐人才。

郑湜为官有政声，曾经举荐同郡多人为官，且做了许多有益于百姓的事情。郑湜死后，郑濂又犯了事。堂弟郑洧说："我们郑家是孝义之门，过去遇到事情，兄弟都争着出来承担责任，现在轮到我了。"于是，郑洧到官府自首并被处斩。

明太祖二十六年，朝廷征召孝悌敦行之人到太子宫中为官。此时，郑濂已经去世，郑家的郑济被选中。此后，郑沂、郑渶等人也陆续进入仕途,或为朝廷高官,或为地方大员。

建文帝曾经表彰郑氏家族为"孝义家"。成化十年(1474年),朝廷表彰"郑永朝世敦行义",再次赐给"孝义之门"的称号。

陈世恩兄弟情深

明朝时候,河南夏邑有个陈世恩,是神宗皇帝万历己丑年中的进士。他的哥哥是个举人,他还有一个弟弟。哥哥学识丰富,孝顺廉洁,很受乡里人敬重。但弟弟整日无所事事,四处游荡。哥哥多次训斥小弟,弟弟却听不进去。见此情景,陈世恩每夜拿着钥匙,站在门外等弟弟回来。弟弟深夜归来以为二哥也要训斥他,没想到陈世恩丝毫没有怪罪,反而询问弟弟有没有着凉,晚饭有没有吃饱。天气渐渐寒冷,陈世恩依旧每夜守在门前等弟弟回来。多次之后,弟弟十分羞愧,再也不出去夜游了。

陈家家风严谨,陈世恩长子陈升、次子陈陞,皆为进士,其中尤以陈升影响较大。陈升幼年即诵读千言,平常不妄交游,学识才品冠绝一时。一日,陈世恩把他叫到跟前说道,"西南十里,林丰叶茂,土壤肥沃,适宜人居,你就去那里静心攻读吧,待开科之年定能考取功名。"陈升谨遵父言,辞别家人,来到父亲所指之地,结庐筑巢,半耕半读。

三年后,陈升进京应试,考取明万历二十九年辛丑科进士,历任临邑、历城、临安三县的知县,后升为户部湖广司员外郎。他为官期间,深受家风之影响,清正廉明,大公无私。特别是任职历城知县时,受命巡视泰山香火之事,有同事代收礼物数金。他知晓后,已无法推脱，于是假意收下，回到县署即下令用此款为历城修葺道路，疏浚淤塞多年的河道，深受当地百姓的爱戴和拥护。

陈升晚年，携家人回乡定居，到当年耕读之地建房垒院，筑一新村，即现在的大陈庄。民国本《夏邑县志》所列个人传记中，陈氏祖孙三代就有陈世德、陈世恩、陈升、陈陛、陈希稷、陈尔铁、陈之震七人载入，可谓备受尊崇。

母慈妻贤的蔡氏家族

福建漳浦蔡氏家族人才辈出，清代有一对叔侄蔡世远、蔡新，分别是乾隆、嘉庆的老师。蔡世远当帝师10年，蔡新当帝师40年，被赞为"一村两帝师，叔侄皆名臣"。蔡家的家风非常好，这个家族的女性特别贤惠。

蔡世远的母亲吴太君一生孝行淑德，含辛茹苦养育三个儿子，一个中进士，两个为举人。她常常教诲儿子说："汝等须诚以物躬，谦以待人，廉以养德，毋以诈御物，毋以气加人，毋取一毫非分之取。"世远每月有钱财拿回家，吴太君都要问钱从哪来。当时漳州郡守魏公得知吴太君之德，赠匾"陶欧淑范"以示褒奖。

蔡世远兄弟数十口同居，他的夫人刘氏总管家政二十余年，不辞劳瘁，不存私财，大家庭和睦相处。蔡世远登进士第后，诸叔计划为刘夫人设置婢女，她制止不让。后来从宦京师，次年生女，有人想为她寻找乳母，刘夫人推辞说："我生育六男二女，都是自己喂乳，现在夫君虽然有了俸禄，怎么能改变我平素勤劳俭朴的习惯呢？"

蔡新母亲林太夫人，两子中进士，生活清贫如故。媳妇等人劝她多享享福,她说:"居于贫穷,劳作辛苦,我习惯了,能够安受。何况家庭人口日益增多,儿辈又只领清廉的俸钱,不可能顾及家庭。"乾隆曾御书"欧荻延禧"匾额,赐给蔡新母亲,予以褒奖。

蔡新妻何夫人端静勤谨。蔡新当官后,何夫人携子女随夫到京,凡子女衣服袜子之类都是何夫人亲自缝制。十年后,儿子出生,还是何夫人自己奶养,不肯请奶妈。何夫人总管家务,精打细算,量入为出,闲时她每天教女婢学习纺纱织布。

卢经的"治家法宝"

在福建省长泰县青阳村,矗立着一座坐北朝南的古宫殿式建筑。这是清朝雍正皇帝为安抚闽南士绅,表彰秉公执法的明代"十三省巡按"卢经而派官员专门督建的忠谏府。在忠谏府的正堂里,悬挂着"不因果报勤修德,岂为功名始读书"这样一副楹联,是卢经对自己生活经历的认真总结,也是他对后辈的谆谆教诲。

卢家世代务农,卢经的外公是当地的地理名师,除了看风水还能识文断字。受外公和母亲的影响,卢经从小就喜欢读书学习,苦学40多年,在55岁时考取二甲进士。

卢经67岁辞官回乡,总结自己为人处世的经验,并以此作为治家的法宝。在卢经的培养下,三个儿子也都勤劳俭朴,恪守本分。一次,为了分田的事情,三个儿子意见不一致,发生了纠纷。得知这一情况后,卢经训诫他们要懂得克制自己的欲念,学会舍弃。兄弟三人十分羞愧,不仅主动谦让使纠纷得以解决,而且感情更加和睦。

为使家族兴旺发达,卢经不仅严厉教育子女,还为族中子弟立下了不少规矩。"若日后从政为官，要以先人为官之道为榜样，重在忠诚，懂得体恤民众之苦。""若选择读书做学问，就要凝神聚气，执着有恒心有毅力，孜孜不倦方能有所成。"这些卢经从亲身经历中总结出来的经验，逐步成为青阳卢家特有的家训。

时至今日，每年的正月十六及冬至，分居各地的卢氏子孙都会赶回青阳村的祖庙祭拜。这一天，卢氏家庙里，族中长老都会向晚辈们宣讲卢氏家训，教育一代又一代的卢氏后人，秉持道义气节，脚踏实地为官做人。

林则徐家有贤妻

林则徐是彪炳史册的民族英雄，他的妻子郑淑卿非常贤惠。

郑淑卿的父亲郑大谟为乾隆年间进士，并且担任过河南永城等县的县令。生于官宦之家的郑淑卿是名副其实的大家闺秀，知书达礼，目光长远，识大体重大局，非一般妇道人家所能比。郑淑卿嫁给年长她四岁的举人林则徐，并未因夫婿家境贫寒而恃骄，相反，她一洗铅华，居家过日子，任劳任怨，孝敬公婆，成为林则徐的贤内助。夫妻二人相敬如宾，志同道合，成为一对佳偶。他们夫妻之间的故事，也成为后世佳话。

林则徐本身是个铁血男儿，但他并不是一介莽夫，他热爱生活，追求美好。在任云贵总督时，有一年中秋，一家人在园中饮酒赏月，林则徐无意中说，这里风光虽好，就是缺了几盏宫灯和兰花。没想到说者无心，听者有意。几天之后，园中就宫灯高悬，兰花溢香。林则徐很高兴，但郑淑卿却颇感不安。她对丈夫直言，这些花和灯虽然漂亮，但有人如此投你所好，不过是因你身居高位罢了。长此下去，你就会坠入这种人的圈套之中而不自知。一语惊醒梦中人，林则徐觉得夫人言之有理，就命人撤去宫灯和兰花。

此后，林则徐将夫人的话记在心里，严格注意自己的言行。同时他厉行节俭，把更多精力用在了解、解决民间疾苦上，深得百姓爱戴。

闺中圣人周诒端

晚清中兴名臣左宗棠早年郁郁不得志，他后来能够脱颖而出，与他妻子周诒端的支持分不开。

清道光十二年（1832年），湘阴穷小子左宗棠入赘湘潭名门周家为婿。婚后，为给左宗棠营造一个良好的学习和生活环境，周诒端耐心说服长辈，分居"西屋"，另立小家。大喜过望的左宗棠提笔撰联："身无半亩，心忧天下；读破万卷，神交古人。"

从道光十三年（1833年）开始，知书达理的周诒端不惜举全家之力，支持左宗棠赴京应试。左宗棠为赶考和谋生经常在外，周诒端深知出门在外的孤寂，便作《渔村夕照图》一幅：一叶轻舟，系在杨柳树下，远山笼翠，碧水含烟。在静美画面边，又附上小诗一首："小网轻舟系绿烟，潇湘暮景个中传。君如乡梦依稀候，应喜家山在眼前。"

道光十八年（1838年），左宗棠第三次会试落第，决意隐居田园了。周诒端写诗表示理解和支持。其中有："轩轩眉宇孤霞举，矫矫精神海鹤翔。蠖屈几曾舒素志，凤鸣应欲起朝阳。清时贤俊无遗逸，此目溪山好退藏。树艺养蚕皆远略，由来王道本农桑。"她用《易·系辞》蠖屈求伸之意相勉励，以获得朝阳鸣凤美誉的李善感相期许，给予极度落寞的左宗棠以无比温暖的慰藉,也为其日后深钻方舆、农桑、水利、军事、洋务等经世之学提供了精神支撑。

人们评说,左宗棠和周诒端在周家生活的13年,是对古语"琴瑟友之"的最好诠释。胡林翼与左宗棠同为晚清重臣,曾经在信中诚挚地称赞周诒端为"闺中圣人"。

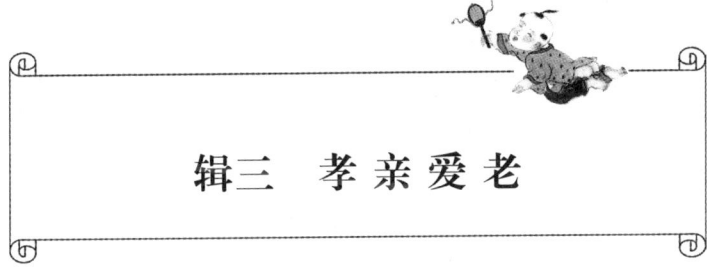

辑三 孝亲爱老

"百行孝为先"。孝亲爱老的内涵非常丰富，概而言之，有三个方面：首先，子女对于父母物质愿望的满足。养儿防老是中国文化的传统，在父母年老时，子女有照顾的义务。其次，子女对于父母精神上的安慰。肉体的温饱是基础，在此之上还要养其心志，让父母保持精神上的愉快。再次，子女有责任传承家风，发扬光大家族的优良传统。在没有深刻宗教传统的中国文化中，个体价值往往通过光宗耀祖的孝行得以体现。

舜和他的家人

舜名叫重华，因其先人被封于虞，又称有虞氏、虞舜，是黄帝的第九世孙。其父名叫瞽叟，是个盲人。

舜的母亲死得早，瞽叟又续娶了一个妻子，生了一个儿子叫象。瞽叟偏爱后妻生的儿子象，时常加害舜。舜每天非常小心地侍候他的父亲、后母和弟弟，不敢有丝毫的懈怠。尽管如此，他的家人还是想害死他。

有一次，父亲让舜爬到房顶修补仓库，却在下面放火焚烧仓库。舜用斗笠护着身子跳下来逃走，幸免一死。又有一次，父亲让舜挖井。井挖得很深以后，父亲和象突然在上面向下填土，想把舜埋在井里。舜事先挖了一个暗道，从旁边出去，才逃过了一劫。父亲和弟弟都以为舜死了，便占有了他的财产。

每当家人要加害于他的时候，舜及时逃避；稍有好转，马上回到他们身边，尽可能给予帮助。身世如此不幸，环境如此恶劣，舜却表现出非凡的品德，尽可能处理好家庭关系。

部落领袖尧得知舜的事迹后，就把两个女儿娥皇和女英嫁给他。舜不念旧恶，对父母比从前更孝顺。娥皇和女英也像普通人家的女儿出嫁后那样，勤恳地操劳家务，孝敬公婆，尽媳妇之道，关照弟弟，尽嫂嫂的本分，受到了百姓们的齐声赞扬。

混进鹿群的郯子

周代有一位贤人叫作郯子,他的父母眼睛有毛病,希望喝鹿乳来医治。

鹿是一种非常警觉的动物,想取鹿乳,很不容易。看着年迈的双亲,郯子决定,无论有多么困难,也要想办法得到鹿乳,以报答父母的养育之恩。郯子就穿着用鹿皮做成的衣服,扮成鹿混进鹿群里面,希望能够找到鹿乳。

郯子在山上绕来绕去,四处寻找,眼看天渐渐暗了下来,还没有发现鹿的踪影,心中很着急,忽然,郯子听见一阵叫声,心想:不好,可能遇到野兽了。赶忙躲了起来,一动也不敢动,可是过了好久,也没有见到野兽出来。

不料,有几个猎人真以为他是一头鹿,要射他。郯子赶忙告诉猎人:"我不是鹿,穿着鹿皮衣服是为了找些鹿乳去医治父母的眼睛。"猎人们被郯子的孝心感动,以后上山猎鹿的时候,都会帮郯子取些鹿乳回来。

从此,郯子的贤名不胫而走。人们慕名而来,纷纷拜郯子为师,学知识,学做人。有的人为了求学的方便,干脆就在这里住了下来,孔子也来此接受郯子的教诲。人越聚越多,郯子的家乡由乡村变成了城镇,又由城镇变成了邦国,被称作郯国。当地的人们都一致推举郯子做了郯国的第一任国君。

孝子闵子骞

孔子的弟子闵子骞是一位孝子，以孝行和刚正不阿的品格屡次被孔子称赞。在孔门中，闵子骞和颜回一样，是德行科的代表人物，位居七十二贤人之列。

闵子骞的母亲去世比较早，父亲娶了继母，又生了两个弟弟。继母对他不好，常常虐待他。一年冬天，后母用芦花给他做衣服，而给他的两个弟弟做的是棉衣。芦花做的衣服看起来很蓬松，但是不保暖。有一天，父亲外出，闵子骞负责驾车，因为天气太冷，两手发抖，竟然把缰绳掉在地上。父亲看了以后很生气，拿起鞭子抽打闵子骞。结果一鞭子打下去，衣服破了，芦花飞出来，父亲这才明了，原来是后母虐待孩子。父亲回到家里，当下就要把后母休掉。可是闵子骞对后母并不记恨，反而有些同情后母。他觉得不能因为这么一件小事就休掉后母，于是跪下来对父亲说："父亲，请你不要赶后母走，因为毕竟还有两个小弟弟呀！留下母亲只是我一个人受冷，休了母亲三个孩子都要挨冻。"父亲十分感动，就依了他。继母听说后，悔恨知错，从此对待他如同亲子。

古人认为，闵子骞在处理与后母的关系时能保持纯良的心，是大孝的体现，因此将他的事迹列入"二十四孝"。孔子称赞他："孝哉，闵子骞！人不间于其父母昆弟之言。"他也因此被后世作为孝子的楷模。

真正的孝心是发自内心的善意

子路是孔子非常喜欢的一位学生。他性格直率，疾恶如仇，是孔子门下七十二贤人之一，也位列孔门十哲。子路还是一位大孝子，二十四孝中的"子路负米"就是说的他对父母尽孝的事情。

子路小的时候，家境贫寒，经常吃野菜。长大后，子路总是想：我如何能为父母准备好一点的饭菜呢？家里没有米，为了让父母吃到米饭，他必须要走到百里之外才能买到米，再背着米赶回家，奉养双亲。一百里的路，非常遥远，没有车子，子路只能步行。严冬寒风刺骨，夏日汗流浃背，子路常常要走上几天几夜，才能赶回家里。人人都觉得这样做太辛苦了，但是子路甘之如饴，孝敬之心始终没有间断和停止过。

父母双双过世之后，子路到了楚国。楚王聘他当官，给他很优厚的待遇，一出门就有百辆马车跟随，每年给他的俸禄有万钟之多。子路所吃的饭菜也非常的丰盛，每天山珍海味不断。但是，父母已经不在了，不能一起享用，子路因此而闷闷不乐。他是多么希望再回到过去的生活，希望往日的情景能够重现。子路思亲孝亲之心，并没有随着父母的过世而淡漠，反而始终念念不忘。

孔子赞叹子路是一位非常有孝心的人。尽孝并不是用物质来衡量的，而是要看你对父母是不是发自内心的诚敬。

董永和仙女的传说

董永和仙女的故事,最早出现在曹植的《灵芝篇》中。干宝的《搜神记》中,这个故事已经比较完备。

汉代有一个董永,是山东千乘人。小时候母亲去世后,他和父亲共同生活。他到田里干农活,用小车载着父亲,以便时刻陪伴父亲。

父亲死后,他没有钱安葬,就卖身为奴,筹钱来办丧事。买主知道他是孝子,给他一万钱,让他回家去。

董永守丧三年,准备到买主那里去,做奴仆尽自己的职责。路上遇到一个女子对他说:"我愿意做你的妻子。"董永于是带她一起到主人家。主人对董永说:"钱是我送给你的。"董永说:"承蒙您的恩惠,父亲得以收敛安葬。我虽然是个地位低贱的人,但一定要尽力干活,来报答您的大恩大德。"主人说:"你的妻子能够做些什么?"董永说:"会织布。"主人说:"如果这样的话,只要让你妻子给我织一百匹双丝细绢就可以了。"于是,董永的妻子给主人家织绢,十天就织好了一百匹双丝细绢。

女子和董永离开了主人家,出了门,她对董永说:"我是天上的织女,因为你对父亲非常孝顺,天帝命令我来协助你还债。"说完,她向天空中飞去,一会儿就消失得无影无踪。

常熟归氏家族的大孝子

常熟归氏家族是享誉江南的名门望族，一直把"和孝敦睦"放在首位。

明朝时，有一个人叫归钺，字汝威。归钺早年丧母，父亲续弦后又生了儿子。家中贫穷，粮食不足，每当吃饭的时候，继母就乘机指责归钺犯错。父亲不分青红皂白，就把归钺赶走。等归钺回到家中，父亲和继母又责备他："不待在家中，在外面做贼吗？"边骂边用棍子打，差点把归钺打死。归钺有家难回，经常饿肚子，邻居们都很怜悯他。

父亲去世后，继母和她的亲儿子居住，把归钺赶出家门。归钺就在市场上卖盐，时常偷偷地见他的弟弟，询问继母的饮食，并送给他们甘甜鲜美的食物。

不久，江南发生大饥荒，继母不能养活自己，归钺哭泣着前去接。继母内心惭愧，终于被感化，跟随孝子去了。归钺有了食物先给继母和弟弟，而自己宁愿挨饿，后来弟弟不幸因病死去。弟弟死后，归钺赡养继母，至死没说过继母的不是。归钺一生和悦待人，因为小时候时常挨饿，所以脸色发黄，身体瘦小，族人称他为"菜大人"。

归钺的同族归绣，有两个未成家的弟弟，兄弟之间友爱相处。归绣的妻子朱氏很贤惠，每次做衣服一定是三件，三兄弟一人一件。她对丈夫说："两位小叔子没有成家，不能只让你一个人穿得干干净净啊。"

归氏后人归钟麟，其前妻的母亲老来无子，他接过来赡养一生。

后妻的父亲客死他乡，其子年幼。他独自跋涉千里接回遗体并安排丧事，同乡称他为孝义之人。

常熟归氏家风醇厚，康熙时期的状元归允肃就是其中的代表人物。

司马迁传承家学

司马迁出身史官世家，其父司马谈曾任太史令。司马谈临终时，留下遗言："幽厉之后，王道缺，礼乐衰，孔子修旧起废，论《诗》《书》，作《春秋》，则学者至今则之。自获麟以来四百有余岁，而诸侯相兼，史记放绝。今汉兴，海内一统，明主贤君忠臣死义之士，余为太史而弗论载，废天下之史文，余甚惧焉，汝其念哉！"意思是，东周以后，天下进入混乱状态，王道不再，礼乐衰败，幸亏有孔子对古代文化传统进行了整理，后世学者才有了正确的价值标准。从孔子时代到司马氏生活的汉代，已经有400多年，出现了许多明主贤君忠臣死义之士，我作为史官却没有加以记载和评论，这是非常值得恐惧的失职行为。

司马谈以父亲和国家史官的双重身份，对儿子谆谆教诲。他要求司马迁像孔子修《春秋》那样，自觉地肩负起历史的使命。"汝其念哉"，要求司马迁牢牢将这遗训记在心中，用一生之约去实践这神圣的重任。司马迁诚恳地向父亲立下誓言，他对父亲的回答是："小子不敏，请悉论先人所次旧闻，弗敢阙。"司马谈听完儿子的承诺，含笑长眠。

司马谈去世后，司马迁继承父职，在汉武帝手下任太史令。后来，李陵投降匈奴，司马迁因为仗义执言，表达了同情之心，得罪了汉武帝。汉武帝便以"欺君罔上"之罪，把他投入监狱，并处以死刑。司马迁悲愤至极，但他为了完成父亲遗愿，决心忍受一切屈辱，以接受宫刑来赎罪。司马迁被释放后，开始发愤写作，最终完成一共一百三十卷、五十二万六千五百余字的巨著《史记》。

甜桑葚和酸桑葚

西汉末年的蔡顺，从小就没有了父亲，与母亲相依为命。虽然年纪还小，他却十分孝顺懂事。在经常食不果腹的境况下，他总能想办法找到一些可以充饥的食物，尽心奉养母亲。夏天，树上的桑葚熟了，蔡顺就去采摘回来给母亲吃。每次去的时候，他都会拎两个篮子。

那时候，正逢王莽篡政，连年饥荒。蔡顺在回家的路上遇到了盗贼。盗贼看到他手上拿着两个篮子，觉得很好奇，就问："你采桑葚，为什么要拿两个篮子？"蔡顺告诉他："母亲喜欢吃甜，甜的留给我母亲吃，酸的留给我自己吃。"这些盗贼，其实原本也是种地的农民，只不过因为战争和动乱，才不得已参加了"赤眉军"。盗贼听了蔡顺的话，很感动，就送给他牛、羊各一头，谷米一担，还有一些银两，让他回去奉养母亲。蔡顺坚决推辞，没有接受。

他母亲死的时候，还没有安葬，忽然发生火灾。火势直逼他家而来，蔡顺抱住了母亲的灵柩大哭，结果大火竟然越过蔡家，烧到别的地方去了。他的母亲生前最怕打雷的声音，每逢有打雷的时候，蔡顺必定绕着坟墓哭喊，以安慰母亲的在天之灵。

画	荻
教	子

画荻教子是指用荻在地上书画教育儿子读书。用以称赞母亲教子有方。该成语与欧阳修有关。

康熙以孝治天下

康熙一生践行孝道，堪称臣民表率。康熙能够顺利继位，主要是依靠祖母孝庄之力，因此对祖母深怀感恩之心。祖母病重时，康熙曾跪地祈求上苍：愿意减去自己的寿命作为交换，期盼祖母转危为安。孝庄病逝后，康熙因悲伤过度，患上心脏病和高血压等疾患。孝庄死后，康熙不愿意经过祖母曾经居住的慈宁宫，恐触景生情，每次都绕道而行。尽管如此，远望慈宁宫的时候，康熙还是会泪流满面。

嫡母孝惠皇太后只比康熙大13岁，孝庄去世后，凡皇室内部事情康熙都要主动征询嫡母的意见，以防止出现失误。晚年的康熙，与嫡母感情弥深，孝养更隆。自康熙49年始，每年夏季，他都要邀请嫡母到承德避暑。康熙五十六年，嫡母去世，他对众臣说："当此之时，止有孝敬朕之人，并无爱恤朕之人，尊长辈皆已凋谢。此等处，每以无可与言为伤。"

康熙年幼时，苏麻喇姑曾经教他满文。孝庄去世后，苏麻喇姑仍在宫内，备受康熙尊重。苏麻喇姑病重时，康熙在外，急令众皇子负责救治。当得知死讯后，康熙下令，务必等自己回京后，再为逝者洗身换衣，用嫔礼安葬这位终生未婚的蒙古族老妇人。

康熙作为一代明君，如此孝敬长辈，为国人树立了典范。正因为如此，康乾盛世不仅是物质繁华的时代，也是精神文明的时代。

北魏孝子李彪

北魏名臣李彪官至御史中丞，以才华出众闻名于世。

李彪小时候家境贫寒，父母去世后由养父母李钦夫妇抚养长大。8岁时，养母患重病，不久身亡。一天，养父李钦在街头听算卦的人说李彪命硬，克死了亲生父母，又克死了养母。李钦回家过后就驱赶李彪离家，苦求无用的李彪只能上街乞讨。李彪虽被养父赶出家门，但不恼不恨，每天把剩余的干粮积攒下来，隔一天就往家送一趟。李钦不让进门，他就把干粮放在门口。后来养父身患重病，卧床不起，李彪就把讨来的馍馍送到床前，靠讨饭养活养父。李彪的行为感动了李钦，同时也感动了当地的百姓，孝文帝在位时他被举荐为孝廉。

北魏冯太后病死，南朝齐王派人来洛阳吊丧，非要穿着朝服凭吊。李彪据经辩驳，终于使他们改穿吊服，维护了北魏的尊严。事后李彪又受命到齐朝去酬谢，齐王设宴招待他，席间乐队奏乐，场面隆重。李彪坚决推辞，说："魏朝刚举行过国葬，我作为使臣怎敢这样奢华享受呢？"齐王为此十分器重他，特意留他住几日。回魏国时，齐王亲自送他到琅琊城，还命群臣赋诗欢送。

此后，李彪作为特使，先后六次到齐朝搞外交活动，都很出色地完成了任务。李彪晚年编修国史，改变原来崔浩等人的编年体写法，参照《史记》，采用了"纪、传、表、志"的写法。

东汉高士茅容

东汉时有个叫茅容的人，年龄已经四十余岁，靠种田来养活老母，供给母亲丰富的饮食。一天，他和一群伙伴在田间劳作，忽然下起了大雨。众人齐跑到大树下避雨，相对席地而坐，或是蹲踞，很随意地说笑。只有茅容正襟危坐，不说不笑。名士郭林宗路过这里，见到这种情形，感到茅容与众人不同，就来到他面前施礼，二人谈得十分融洽。

雨过天晴，夕阳西下，鸟儿归林。众人牵着牛，扛着锄，唱着村野山歌回家去了。茅容邀请郭林宗到他家住宿，郭林宗认为茅容是个好后生，值得培养。二人一见如故，不忍分别，就随茅容到其家中。做饭的时候，茅容杀鸡煮饭。郭林宗以为他是杀鸡待客，不料等饭做好后，茅容把鸡端给了母亲，另外拿来山里的野菜和他共享。

郭林宗十分佩服他的贤德，不觉肃然起敬，起身而拜，说："您的贤良大大超过了普通人。我自己尚且减少对父母的供养来款待客人，您用丰盛的饮食供奉母亲，却拿山野蔬菜和我共餐。这足以看出您的孝行是出于天性，不会因为招待客人而有所改变。我自愧弗如，您真是我的好朋友啊！"于是勉励他努力学习。

后来，茅容果然因道德学问而出名，州县官员竞相聘请他出来做官，他都没有答应。他一直读书乐道，当时人们都称他为高士。

顾恺之画母

东晋大画家顾恺之，善于画人物，尤其擅长画女人，他的《女史箴图》《洛神赋图》等堪称人物画历史上的巅峰之作。顾恺之有"画圣"之称，无论在艺术创作方面，还是在绘画理论方面，他都留下了宝贵的文化遗产，为历代画家和史论家所研究和传承。

顾恺之出身于江南的名门望族，从曾祖、祖父到他父亲，都在朝为官，家里的诗书气息很浓。他出生后不久，母亲就去世了。童年顾恺之经常冲进书房问父亲："人家都有妈妈，我的妈妈在哪里？"禁不住儿子的一再询问，父亲只好以实相告。顾恺之大哭了一场，从此变得沉默寡言了。他一次又一次地询问父亲，母亲的脸庞、身材长得如何。他听了父亲的回答后，开始给母亲画像。他画了一张又一张，父亲总是摇头说："不像。"直到有一天，父亲说："身材、手足有点像。"他欣喜若狂，更加用心画像。不久，他画的像得到了父亲的认可："像了，像了，只是眼神还不大像。"他继续潜心画眼睛，画了改，改了画。终于有一天，当他把画像送到父亲面前时，父亲大喜过望地说："这是你的母亲。"这一年，他才八岁。

到二十岁时，顾恺之已经是著名的画家了。当同行问他曾经拜谁为师时，他回答说："我的母亲是我心中一直活着的老师。"

缇萦救父

汉文帝十三年，名医淳于意因为失手把人治死，被判"肉刑"。当时的肉刑，有砍手、剁脚、挖眼睛等多种，受刑之人，无不残废。

淳于意有五个女儿，可没有儿子。他被押解到长安离开家的时候，望着女儿们叹气，说："唉，可惜我没有男孩，遇到急难，一个有用的也没有。"

几个女儿都低着头伤心得直哭，只有最小的女儿缇萦又是悲伤，又是气愤。她想："为什么女儿没有用呢？"她提出要陪父亲一起上长安去，家里人再三劝阻也没有用。

缇萦到了长安，托人写了一封奏章，到宫门口递给守门的人。汉文帝接到奏章，知道上书的是个小姑娘，非常重视。那奏章上写着："我叫缇萦，是太仓令淳于意的小女儿。我父亲曾经在齐地为官，百姓们都说他是个清官。这回他犯了罪，被判处肉刑。我不但为父亲难过，也为所有受肉刑的人伤心。一个人砍去脚就成了残废；割去了鼻子，不能再安上去，以后就是想改过自新，也没有办法了。我情愿被官府收为奴婢，替父亲赎罪，好让他有个改过自新的机会。"

汉文帝看了信，十分同情这个小姑娘，又觉得她说的有道理，就召集大臣们，对大臣说："犯了罪该受罚，这是没有错的。可是受了罚，也该让他重新做人才是。现在惩办一个犯人，在他脸上刺字或者毁坏他的肢体，这样的刑罚怎么能劝人为善呢。你们商量一个代替肉刑的办法吧！"因为缇萦的孝心和胆量，惨无人道的"肉刑"就这样被废除了。

鲍出孝母

东汉末年，新丰人鲍出，身材魁梧，生性至孝。他年轻的时候，喜为游侠之事。天下大乱的时候，鲍出兄弟六人与母亲一起生活在家乡。因为没有粮食，鲍出与兄弟们离开家，采摘了一些野草野果，让其中四个兄弟拿回去煮给母亲吃，自己和小弟继续采摘。

等到鲍出回到家的时候，发现一伙吃人的强盗把母亲掳走了。兄弟们都感到害怕，不敢去追，鲍出却说："母亲让吃人的贼绑走了，我们这些做儿子的还要活着干什么？"鲍出怒发冲冠，抄起刀就不顾一切地追过去。沿途杀了十几个贼人，鲍出终于追上了强盗。看见母亲和邻居老妪被绑在一起，他大吼一声，奋力上前，强盗们被吓得四散逃命。鲍出顾不上追敌，径直跑上前来，叩头请罪，跪着给母亲和邻居老人解开绳子，将她们带回家。后来战乱纷起，他就侍奉母亲到南阳避难。贼乱平定后，其母思归故乡。可是路途遥远，抬轿难行，鲍出思虑再三，就编了一个竹笼，请母亲坐在笼中，将她背回家乡。

当时官员的选拔制度是"察举制"，官员和百姓可以推荐民间有德之人到朝廷为官。同乡的士大夫都认为鲍出是个有操守的君子，就把他推荐给州郡长官。州郡长官邀请他出来做官，他却说："我只是个种地的老百姓，承受不起官帽。"鲍出的母亲活了100多岁才善终，当时鲍出已经70多岁了。他按照丧礼的规矩为母亲料理好后事，继续过着隐居乡间的生活，活到八九十岁的时候，看起来还像五六十岁的人。

美男潘岳亦孝子

中国文化中提到美男子,都要说到"貌比潘安"。潘安原本叫潘岳,字安仁。古人写诗为押韵,把"仁"字省略了,所以又称潘安。他出身于书香门第,从小就被认为是神童,20多岁开始做官,曾经在贾充的幕府任职,后来还担任了河阳县令。

潘岳才华过人,泰始年间,晋武帝在王室的公田里亲自参加劳动,潘岳为之作赋,载入史籍,孙绰赞扬道,"潘文烂若披锦,无处不善",对他推崇备至。

魏晋之际,名士讲究仪容和风度,《世说新语》专设"容止"一类,记录了不少美男的故事,最出名的是说潘岳少时挟弹出洛阳道,妇人们看到他,莫不拉起手来围住看他。与其同时的大文豪左思,效法潘岳之游,因为长得丑被"共唾之",令其委顿而返。

潘岳除了相貌出众和才华过人,还是一个大孝子。他事亲至孝,父亲去世后,接母亲到任所侍奉。他喜植花木,每年花开时节,他总是拣风和日丽的好天,亲自搀扶母亲到林中赏花游乐。一年,母亲染病思念故乡。潘岳为了满足母亲的意愿,随即辞官奉母回乡。他的上级再三挽留,他说:"我若是贪恋荣华富贵,不肯顺从母亲,那算什么儿子呢?"上级为之感动,便允他辞官。回到家乡后,母亲的病竟然痊愈了。家中贫穷,潘岳就耕田种菜去卖,之后再买回母亲爱吃的食物。他还喂了一群羊,每天挤奶给母亲喝。在他精心护理下,母亲竟以高寿安度晚年。

至情至性阮孝绪

梁朝阮孝绪，生性孝顺。十六岁时，父亲去世，他服丧期间不穿丝絮之衣，即使尝到味美的蔬菜也要吐掉。

后来，他去钟山求学，母亲王氏在家里忽然生了病。哥哥弟弟们就想去叫阮孝绪，母亲说："不必去叫他，孝绪这个人至情至性，具有鬼神莫测的感通能力，他一定会回来的。"果然，阮孝绪在外觉得心中不安，就回到了家里，所有的人都觉得很神奇。他母亲所吃的药里，需要一味鲜活的人参。老辈里的人说，钟山产人参，阮孝绪踏遍了幽僻危险的地方，找了好多天都没找到。有一天，忽然看见有一只鹿，在他的前面走着。阮孝绪就跟着鹿走，鹿跑到哪里，他也跟到了哪里。突然，鹿不见了，阮孝绪在鹿消失的地方发现了一株人参。母亲吃了，病果然好了。

阮孝绪的表兄王晏地位显贵，曾经担任尚书令。孝绪预感他必遭大祸，一听到王晏带来的仪仗队的奏乐声，就钻过屋后的篱笆逃避躲藏起来，不愿和他相见。有一次阮孝绪吃酱觉得味道很美，问酱从何而来，听说是来自王家，就马上吐出所吃的东西并把酱倒掉。后来王晏果然被诛杀，亲戚们都怕他受牵连，为他担心。孝绪说："虽是亲戚，但不是同党，怎么会被连坐？"最终被赦免。

刘永之万里寻父

清光绪年间,清丰县后士子园村有个叫刘永之的人。他两岁丧母,其父刘怀智受募当兵,跟随左宗棠的大军开赴陕西。后辗转新疆伊犁,孑然一身,开荒种地,很多年没有音讯。

幼小的刘永之只好由祖母和叔父抚养长大。多年来,全家人一直多方打听,至刘永之24岁时,终于得到了父亲的一点消息。他便不管音讯真假,横下心来,背起行装,踏上了万里寻父的路程。记不清爬过多少高山峻岭,涉过多少河湖沼泽,穿越过多少森林草地、戈壁荒漠,他一路乞讨,一路寻问,经半年有余,终于父子相见。然而,父亲因多年来孤身一人辛苦劳作,积劳成疾卧病在床,又加上思念家乡亲人终日啼哭,病势越发沉重。人地两生,举目无亲,缺米少钱,如何为父亲治病养身呢?刘永之只好上山打柴或靠乞讨换钱,为父亲治病,日夜精心侍奉。然而,父亲不足一月就离开了人世。刘永之无奈以芦席作棺,埋葬了父亲。然后,又结庐守墓历时三年,才收拾骨骸,背负还乡,将父亲归葬本族墓地。

刘永之秉一颗孝心,不畏艰险,历经四载,行程万里,寻父归亲的义举,感天动地,名扬四方。地方官员上报朝廷,光绪皇帝特赐"万里归亲"御匾以表彰其孝行。

朱寿昌弃官寻母

朱寿昌,宋朝人。在他七岁的时候,因为嫡母嫉妒,他的亲生母亲刘氏被赶出家门,从此母子二人便分隔两地,不能见面,这样足足过了五十个年头。到了神宗皇帝的时候,朱寿昌已经做了官。因为想念着母亲,便辞官专程到陕西等地寻找。他和家里的人分别的时候说道:"倘若我这次不能够找到我的母亲,便发誓再也不回到家里了。"

皇天不负有心人,他来到陕西同州的时候,天降大雨,一同躲雨的人中竟然有人知道他母亲的情况。这个时候,他母亲已经七十多岁了,朱寿昌便欢天喜地地把母亲接了回来。刘氏离开朱家以后,改嫁党氏,又有子女数人,寿昌视他们如亲弟妹,全部接回家中供养。

有人将朱寿昌弃官寻母之事上奏宋神宗赵顼,宋神宗得知朱寿昌的事情后,诏令他复原职。苏轼、王安石等大文豪写诗赞美其事。苏轼曾有诗云:"感君离合我酸辛,此事今无古或闻。"王安石诗云,"彩衣东笑上归船,莱氏欢娱在晚年",把朱寿昌比作古代孝子老莱子。

今天在安徽天长市秦栏镇向东一公里处,有一棵千年古柏,据传是朱寿昌在其母亲的坟旁亲手所植,人称孝子树。相传这棵树的来历是这样的:朱寿昌母亲在世时怕雷声,逝世后,每逢雷雨天,朱寿昌总要撑把伞到坟头守护,朱寿昌离开秦栏前,到母亲的坟前,栽下了一棵松柏,以代表他永远陪伴着母亲。

张清丰的第一炉烧饼

隋代顿丘有一位孝子叫张清丰，以做烧饼为生。他每天做出的第一炉烧饼总会给父母吃，几十年如一日，坚持不懈。当时一些达官贵族，出高价，设圈套，想要购买头炉烧饼，都未能如愿。母亲死后，张清丰在坟旁搭了一间屋子，为母亲守孝三年，每顿饭前向母亲祭奠完后自己再吃。张清丰曾经因为其孝行而被推举为孝廉，有机会入朝为官。这在古代是很荣耀的事情，最终他以侍奉母亲为理由拒绝了。

民间传说，每逢浚县山庙会，张清丰都要前往烧香。为给母亲祈福，他总在鸡叫头遍时赶到庙院等候开门。天长日久，庙院住持被张清丰的孝行感动，常虚掩庙门。有一年，一个州官前来赶庙会，对住持交代，早晨的头炉香要留给他烧，他不到，庙门不得打开。当州官去烧香时，发现头炉香早已有人烧过，就斥责住持。住持搪塞说，可能是神灵为早到之人打开了庙门。州官很想知道早到之人是谁，经过询查，发现是顿丘孝子张清丰，对其肃然起敬，不再争烧头香。此事传开后，张清丰愈发令人敬仰了。

唐代大历年间，魏博节度使田承嗣为彰显张清丰的孝行，把他的事迹表奏朝廷，朝廷便颁发诏令，以他的名字置县。河南濮阳的清丰县就是这样得名的。清丰有个风俗，吃饭时要给老人先盛，也是在他影响下所留下的规矩。

海门孝子范士华

《民国海门图志》记载，清雍正年间，海门出了一个赫赫有名的孝子——范士华，其孝母的事迹非常感人。

范士华家住茅镇老城隍庙附近的一间破草房里，年少时父亲病故，母亲长年瘫痪在床，家境十分贫困。范士华终年靠行乞养母四十年，从未间断。每天东方日出他就持破篮破罐乞讨于富户官门，凡讨到好饭菜，自己总不忍心先吃，必先送回孝敬老母尝食，从不改变。"遇风雨归晚，则操棒跪母前请罪，不呼之，不起""有人怀疑，即尾随窥探，果真每皆如此，因而无不赞颂其孝顺。"

夏天，天刚亮范士华就起来担水，有人问他为何要这么早，他说："日光射水有毒，未敢奉亲，故早汲耳。"每逢正月十五元宵灯市，范士华总要背着瘫痪的母亲出来观灯，看热闹，父老乡亲看到无不敬佩。

有一次，他的母亲生病了卧床不起，想吃点鱼。范士华答应母亲，就前往集市购鱼。他挑了一条后，请卖主称，时价36个铜钿，可是范士华搜身摸袋，总凑不满数，就将鱼放在一边，对卖鱼的说："别卖给别人了，等我凑到钱了再来买。"卖主说："好的。"

过了一会儿，范士华讨得钱回来取鱼，可鱼不见了，而且大鱼小鱼都没有了，他十分恼火，就质问卖主："刚才我要买的鱼怎么不见了？"卖主说："被衙门中的人刚刚买去。"范士华在衙门口双膝跪下，哭诉母亲病重想吃鲜鱼，因自己钱不够没有买到，祈求官府行善将该鱼转让给他。衙役被范士华的孝心感动，立刻进去禀报县老爷。县老爷把鱼送给他，事后命人尾随探视，果见范士华"箸鱼以母食"。从

此，范士华孝顺母亲的事迹远近传扬，老少皆知。

范士华死后，后人为纪念这位孝子，特地募款在海门北三里圩角河大路东边，建范士华孝子坟墓，后人称之为"孝子牌楼"。

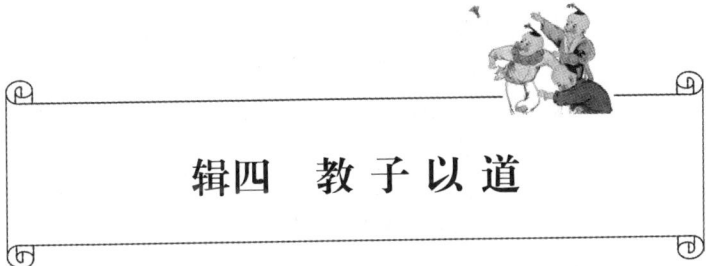

辑四　教子以道

"养不教，父之过"，良好家风的传承离不开父母的言传身教。父母是孩子最好的榜样。在教育孩子的时候，父母首先要规范自身的言行，其次就是讲究方式方法。父母在孩子的心中种下什么种子，在今后的岁月中就会开出什么样的花。

圣人的启蒙老师

孔子先祖微子，是商朝最后一个国君纣王的弟弟。商朝灭亡后，微子被周封为宋国的国君。微子后人的一支后来迁徙到鲁国，到孔子父亲叔梁纥时已经逐渐下降为武士阶层。孔子的母亲是鲁国颜氏之女，家族历史也很辉煌。先祖伯禽，是鲁国的始祖，乃周公长子，文王之孙。周文王姬姓，伯禽的后代在颜邑做邑首，以封地为姓，世代相传，成为颜氏。

孔子生于公元前551年9月28日，因孔母曾在尼山祈祷才怀了孕，父母给孔子起名为丘，字仲尼。"仲"是排行第二的意思，"尼"指尼山，"丘"则暗示出人头地的意思。孔子三岁时，父亲病故，葬于防山。后颜氏带他离开颜邑，到国都曲阜的阙里居住。

虽然家境贫苦，但孔母没有放弃对孩子的教育，在孔子很小的时候，就买来了很多乐器，有时自己为儿子吹弹，有时请人为儿子演奏，有时让儿子自己玩弄。邻里乡人不解其意，孔母就对人们说："孩子现在还不懂事，但天长日久，他就会喜欢这些乐器。做人要讲根基，办事要按规矩，无规矩不能成方圆，礼器最讲礼仪与规矩，无章法演奏不出动听的乐曲。让孩子早点懂得礼仪、音律、等级，对他日后的成长是至关重要的。"在母亲的教导下，孔子对音乐产生了浓厚的兴趣，为日后成才奠定了良好的基础。

敬姜教子戒轻狂

春秋时期，鲁国大夫穆伯和莒地女子敬姜结了婚。不久，有了个儿子叫文伯。不幸的是，穆伯去世，抚养教育儿子的重担，落在敬姜一个人身上。

文伯渐渐长大了，离开母亲外出求学。有一次，文伯回家探望母亲，陪同他前来的，还有一群小伙伴。这些小伙伴对文伯毕恭毕敬，言听计从。文伯走在前面，小伙伴们像随从一样走在后面。文伯上台阶，他们不敢同蹬一阶，总是在下面的一阶上。文伯看到小伙伴们如此恭维自己，非常受用，自以为了不起。

敬姜看到儿子趾高气扬，非常生气，便把他叫来，训斥说："你太傲慢，太不懂礼貌了！过去武王上朝时提意见的人，少说也有四五十人，因此他能成就大业；周公为了得到天下贤人，有时吃一顿饭要停下来多次去接待客人，有时候要多次中断沐浴去接待客人。这两位，都是圣人，尚能做到尊敬爱护别人。你年少无知，地位低下，却让你的同伴以特别的礼仪对待你，这是很愚蠢的！"文伯听了母亲的话，深以为耻，马上去给同伴赔礼道歉。

后来，文伯继续外出游学，他牢记母亲的话，拜的老师都是很讲礼法的长者，结交的朋友也都是贤良的君子，学问变得越来越深，品德变得越来越好。所到之处，无论是白发苍苍的老者，还是牙齿没有长齐的小孩，他都能以礼相待。

父母应该说到做到

曾参是孔子晚年弟子,孔子对他有个评价"参也鲁",大概是说他比较质朴,反应不怎么快。但在孔子死后,曾参的地位上升很快,位列孔门十哲之一,在后世一直陪着孔子在孔庙里接受祭祀。

在儒家的圣贤谱系中,尧、舜、禹、汤、文、武、周公、孔子都是圣人。孔子之后没有公认的圣人,后学孟子被称为亚圣。孔子弟子中,颜回被称为复圣,曾子被称为宗圣。对于传承孔子的思想学说,曾子的贡献很大。

《韩非子》里记载了一个关于曾子教子的故事:曾子的妻子要到集市上去,见儿子哭着闹着要跟着去,就对他说:"你待在家里,等我回来杀猪给你吃。"儿子信以为真,便乖乖待在家里。等曾子的妻子从集市上回来,曾子就马上要去杀猪。他的妻子阻止他说:"我不过是和孩子开玩笑罢了,你不必真的那样做。"曾子说:"怎么能和小孩子开玩笑呢!小孩子没有思考和判断能力,等着父母去教他,听从父母的教导。今天你欺骗孩子,就是在教他欺骗别人。母亲欺骗了孩子,孩子就不会相信母亲,这不是教育孩子成为正人君子的方法。"于是,曾子真的把猪杀了,煮肉给孩子吃。

重视教育的孟母

孟子出生在一个没落的贵族家庭,家里不太富裕。三岁的时候父亲去世,母亲带着他,靠祖宗留下的一点遗产,再加上织布卖的钱,过着清贫的生活。

孟母非常重视对儿子的教育。早先,他们家的附近有一大片坟地,经常有人在那里埋葬死人。孟子年纪小,出于好奇,也跟着看热闹。孟母发现儿子经常学着哭死人,还和小伙伴玩埋死人的游戏。她感到问题很严重,很快就搬家到离坟场很远的地方去住。

孟子的新家靠近市场,一出门就可以看见来来往往的人在做买卖。孟子很快又去学商人的样子,时而扮作屠户,宰杀泥捏的小猪;时而扮作卖布的商人,同买主面红耳赤地讲价钱。母亲发现后,决定再一次搬家。

这一回,她把家搬到邹城内的一座房子里。家的东邻是一所学校,不出家门就可以听到那里传来的琅琅读书声。搬到新家没几天,孟子就被学校里的读书声吸引住了。从此,他几乎每天都跑到学校里,在一旁出神地听先生讲书和学童念书,观看学童学习进退、揖让的各种礼节,渐渐地他全都学会了。他还约了一帮孩子,用泥巴做成杯盘盆鼎等各种礼品,在自己的院子里认真演习起来。孟母欣慰地说道:"孩子在这里学会了礼仪,就应该把家安置在这里!"

曹操四子皆杰出

《三国演义》中，曹操与刘备煮酒论英雄，"天下英雄，使君与操耳。"刘备的儿子刘禅被称为扶不起的阿斗，曹操却教育出了四个优秀的儿子。曹丕文武兼备，有治国理政的才华；曹彰擅长领兵打仗，军事才华过人；曹植七步成诗，文学才华在历史上有一席之地；曹冲称象，历来有神童之称。这些都得益于曹操教子有方。那么，他的教子方法到底有哪些可取之处呢？

一是让子女在实践中接受锻炼，增长才干。在曹丕5岁的时候，尚处于战乱年代。为了让曹丕更好地立足于社会，曹操教他学骑马，还把他带在身边，南征北战，让他经受磨炼。乌桓叛乱时，曹操把平叛任务交给了曹彰。曹彰没有令父亲失望，他兢兢业业，奋勇杀敌，很快便平定了乌桓叛乱。

二是为子女选择名师，让其取法乎上。曹操深谙"名师出高徒"的道理，曹操在给儿子们选择老师时，其标准为"德行堂堂正正"的人物，把当时颇负盛名的张范、邴原作为曹丕的老师。严令曹丕："凡遇军国大事，定要尊重两位老师的意见。"还让曹丕给张、邴二人行子孙礼。

三是从小教育子女读书作文，提升文化素养。对于天资聪颖的曹植，从10岁起，曹操就让他熟读《论语》《诗经》以及各种辞赋，令其下笔成文。曹操在铜雀台建成时，就让儿子们登台赋诗。结果，曹植第一个完成交卷，文章气势磅礴，成为历史上广为流传的名篇。

曹操曾经告诫儿孙："你们小的时候，我会关心疼爱你们；但等到你们长大后，我会量才而用。我对部下不会偏心，对家人也会公正，唯才是举才能治理好国家啊！"

大医皇甫谧幸得叔母教育成才

皇甫谧是魏晋时期著名医学家。他小时候被过继给叔父，叔母任氏对他十分疼爱。由于皇甫谧无心向学，整天东游西荡，任氏为他的将来忧心忡忡。

一天，皇甫谧从外边弄来了一些瓜果，洋洋自得地进献给叔母，以为如此孝顺一番，便可使叔母感到宽慰。任氏见此，流着泪说："即使天天用猪、牛、羊来赡养我，还不能完全称孝，瓜果又算得上什么呢？你已年过二十，眼不观圣贤之书，心不学仁义之道，没什么可安慰我的。"她又禁不住叹息，"从前孟母三迁教育孟子成为仁德之人，曾子杀猪教育儿子信守诺言，难道是因为我居不择邻、教导有缺陷，你才这样的吗？你为什么愚钝到如此地步呢？你修身养性，刻苦学习，受益的是你自己，对我又有什么用呢？"

皇甫谧很受感动，发誓要悔过自新。从此，他刻苦攻读，虚心求教，师从同乡人席坦学儒，一天也不懈怠。他家境贫穷，劳作间隙也手不释卷，终于博通百家之言，以著述为毕生之事业。

皇甫谧中年时患风痹疾，羸弱不堪。他曾服用与体质相抵触的药物"寒石散"，以致精神委顿，悲怨不已，一度欲拔刀自杀，幸得叔母及时劝阻。在叔母的鼓励下，他打消了自尽的念头，开始振作起来钻研医学。晋武帝很仰慕皇甫谧的学识，欣然送了一车书给他。

寒来暑往，春暖秋冷，皇甫谧以极大的毅力完成了《针灸甲乙经》，这是中国现存最早的一部针灸学著作，对后世针灸学的发展影响很大。皇甫谧对中国医学与文化的杰出贡献，与其叔母的教育、勉励是分不开的。

教子楷模陶侃之母

陶侃是东晋名将，在稳定东晋初年动荡不安的政局上，很有建树。他的母亲湛氏很懂礼仪，教子有方，是中国历史上有名的贤母。

湛氏整天在家里辛勤地纺纱织布，赚钱贴补家用。她教导陶侃结交品德高尚的朋友，努力向别人学习。每当有客人前来拜访的时候，她总是亲自去喂马，拿出家里最好的食物款待客人，用最好的床铺留宿他们。有一次，同郡孝廉范逵访贤遇大雪，借宿陶侃家。天寒地冻，马无饲料，陶母揭去自己床铺上的稻草席，剁碎喂马；由于家中贫寒，无以款客，陶母又偷偷剪下自己的长发，卖给邻人，换钱购买酒菜。当时的人赞叹说："若不是这个母亲，哪里生得出像陶侃这样的儿子来呢？"

陶侃年轻时当过浔阳县吏，负责监管捕鱼的公务。某次，陶侃利用职权拿了腌鱼回家，母亲湛氏马上叫他把鱼退回去，并且责备他说："你身为官吏，拿官家的东西回来，不但没有好处，反而会增加我的精神负担！"陶侃大为震动，愧疚万分，从此一生遵循母亲教导：清白做人，廉洁为官。

陶侃曾经赴远方上任，陶母准备了一个包袱，说里面有三件"土物"，叫儿子带上。来到官府后，陶侃打开包袱一看，只见里面包着一块土、一只土碗和一块白色土布。他先是一怔，后来才慢慢领悟到母亲的用意。原来，一块土，是教儿永记家乡故土；一只土碗，是教儿莫贪图荣华富贵，要保持自家本色；一块白色土布，是教儿为官要清清白白，永不忘本。

父母的教诲是一生的财富

战国时期的齐国，国富民殷，在诸侯列国中是国力很强的大国。齐宣王执政时，他任用田稷为相，政治清明，官吏廉洁。然而，人们却把这一功劳归于田母家教有方，并流传着一桩动人的故事。

一天，田稷乘车回到家中。像往常一样，他回到府中的第一件事就是给母亲大人请安。田稷向母亲问安后，脸上露出一丝喜气，顺手从袖中掏出百镒金子，双手捧上："孩儿孝敬母亲。"田母看到金子，一点没有高兴的样子，反而感到非常担忧，批评他说："不义之财，非吾财也。不忠之子，非吾子也。"说完，田母头也不回，扶着拐杖，气愤地回房去了。田稷匍匐在地，满面羞赧，冷汗涔涔，恨不得一头钻进地缝里去。他立即让家人驾车，将金子退还回去。

次日，田稷上朝，面见齐宣王，恳求给他治罪，罢免相职。宣王派人了解了事情的始末，对田母的母德风范称赞不已，并亲自到相府看望田母，随行人员也对田母由衷敬佩。宣王对群臣说："有贤母必有良臣。相母之贤如此，何愁我齐国吏治不清。"他当着田母的面，表扬田稷改过请罪的光明磊落品德，赦免了田稷的罪行，让他继续担任国相，并亲自赏赐田母金子和布帛，以表示对她的敬意。

从此之后，田稷更加注意修身洁行，最终成为战国时期很有作为的一代名相。

房彦谦的清白父爱

　　唐代名相房玄龄的父亲房彦谦，在隋朝为官，极有德政。隋文帝杨坚派持节使者考察官吏的政绩才能，使者推房彦谦为天下第一，房彦谦因而得到提拔。隋炀帝即位，房彦谦见朝政败坏，不愿为官，辞职隐居。后被征为司隶刺史，由于他刚直不阿，耿介有节操，为执政者所妒，被贬为泾阳县令。

　　对于家中子侄的教育，房彦谦非常重视。子侄们来到跟前，他都要教诲勉励一番。房彦谦出身世家，饶有家财；做官所得俸禄，也颇为丰厚。房彦谦都用来周济朋友亲属，以至到了后来，家中竟没有余财。房彦谦从不讲究吃穿之类，所用车服器具等，都极为简朴。自小到老，一生中，未有一言一行涉及谋私，可谓品行端正。虽然家中清贫，房彦谦却怡然自得，不以为苦。有时见家徒四壁，自觉好笑，回头对儿子房玄龄说："人家都因做官得禄而富起来，只有我因当官而贫穷了。所留给子孙的在于清白罢了。"

　　房彦谦之子房玄龄，后来很有出息。唐高祖李渊和唐太宗李世民举兵，房玄龄积极辅佐，任李世民秦王府中的记室，成为李世民的亲信。李世民即位后，房玄龄长期担任宰相之职。唐贞观年间的政策法令等，他都是重要的参与及制定者。当时国力强盛，经济繁荣，人民安定，史称贞观之治，房玄龄是其中的大功臣。

王羲之教子学书法

东晋著名书法家王羲之是琅琊王氏家族的名人。琅琊王氏是当时著名的望族，非常注重子女教育。王氏先祖曾经留下"信、德、孝、悌、让"五字为核心内涵的家训。

受先辈影响，王羲之对教育子女之事从不放松。一次，王羲之与好友许玄度结伴去奉化一带采药，听闻当地两兄弟因为争夺家产大打出手，弟弟竟然把哥哥砍死。王羲之对许玄度说："这家伙残忍如此，不知你我后辈如何？"回家后，忧心忡忡的王羲之写下"敦、厚、退、让"四个大字，命儿子们每天临摹，谨记教诲。

王羲之的儿子王献之在家风的熏陶下，从小练习书法。王献之苦练了五年后将自己的书法作品递给父亲评定，王羲之笑而不语，随手在一个"大"字下面加了一点，然后让儿子将全部字稿拿给母亲审阅。王羲之的妻子看后，叹了口气说道："吾儿磨尽三缸水，唯有一点似羲之。"王献之听后泄气了。母亲接着说："孩子，只要功夫深，就没有过不去的河、翻不过的山。你只要像这几年一样坚持不懈地练下去，就一定会实现自己的梦想！"王献之听完后深受感动，又锲而不舍地练下去。功夫不负有心人，王献之的字最终也到了力透纸背、炉火纯青的程度，后来也成为举世闻名的书法家，与父亲齐名，被后人称为"二王"。

欧阳修之母的教子之道

欧阳修幼年丧父,五岁时,欧母便教他读书识字、做人处事。只是当时家里穷,没钱买笔墨纸砚,欧母只好用荻草秆代替笔,然后在地上铺一些沙,把它当纸,一笔一画地教欧阳修写字。欧阳修在母亲的悉心教导下,24岁就高中进士。

儿子做了官以后,欧母并没有放松教育,还经常用已故的丈夫为榜样,来教育他尽心守责。母亲曾经对他说:"你的父亲当官,常在夜里点着蜡烛处理公文,多次停下而叹息。我问他为何叹息,他说:'是该判死刑的案件,我想替他找条生路,没有找到。'我说:'生路可以找到吗?'他说:'为他找生路而找不到,那么被判死罪的人与我都不感到遗憾了。常常为狱囚寻求生路,尚且会误判死罪,何况世间官吏多喜欢寻求置人于死罪的理由啊!'你父亲常用这些话教导子弟,我都听得很熟悉了。"欧阳修虽然幼年丧父,但父亲的为官之道,他却终身奉行。

欧阳修在当官期间,积极支持范仲淹推行新法,后因此被贬职。但欧母并没有抱怨儿子的仕途不济,而是宽慰儿子说:"你为正义被贬职,不能说不光彩。我们家过惯了贫寒的生活,你只要思想上没有负担,精神振作,我就高兴了。"

言传不如身教

五代时，北魏房景伯担任清河太守，他的母亲崔氏不但学问好，而且还十分通情达理。贝邱地方有一位妇人，列举了她儿子不孝的事实，一状告到了太守府，景伯的母亲崔氏就向景伯说："老百姓尚未能够明白道理，通晓礼义，不宜过分责备他们啊！"

崔氏没让房景伯办妇人儿子的罪，而是把妇人叫来和自己一同吃住，又叫妇人的儿子跟在房景伯身边。每一天，房景伯去问候崔氏的时候，妇人儿子就立在堂下，看太守在家里如何侍奉母亲。

这样过了十天，这位不孝的儿子就对母亲说："母亲！我错了，我一定会改过，孝顺您老人家，我们回家吧！"崔氏就对景伯和贝邱妇人说："这孩子表面上虽然已经露出了惭愧的样子，但是他的内心，却还没有真正地感到惭愧啊！"因此，就让贝邱妇人母子继续住在太守府中。

二十多天后，贝邱妇人的儿子，忽然向母亲下跪，叩头忏悔，一直叩到流血。贝邱妇人因此而感动得泪流满面，乞求太守准许他们母子回家。这位贝邱妇人的儿子，后来果然以孝顺而闻名。

岳母刺字

岳飞的母亲是中国历史上有名的贤母。她在很年轻的时候，丈夫就去世了,她一个人费尽心血把儿子教育成为爱国英雄。

传说当时,北方的金人南侵,宋朝当权者腐败无能,节节败退,国家处在生死存亡的关头。很多母亲都不希望自己的孩子上前线,希望能在战乱年代保全子嗣血脉。但是,岳母却和一般母亲不同,她大义凛然,主动励子从戎,精忠报国。她为了让儿子永远铭记大丈夫当"精忠报国"的训诫,用绣花针把这四个字刺在了十几岁的岳飞的背上。

投军后,岳飞不忘母亲的教诲,奋勇杀敌,屡立战功,很快被升为秉义郎。在宋都开封被金军围困时,岳飞随副元帅宗泽前去救援,多次打败金军,受到宗泽的赏识,称赞他是"智勇才艺,古良将不能过"。

岳飞领兵几次大败金兵,收复了大部分被金兵侵占的土地,力图恢复中原之时,不料朝廷奸臣宰相秦桧一伙,私通金国,陷害忠良。他们把岳飞骗进京城,诬他谋反,下放大牢。审讯中,岳飞脱下上衣,露出背上"精忠报国"四个赫然大字,凛凛正气,气贯长虹。但邪恶势力猖獗,岳飞被秦桧一伙害死于风波亭。岳飞虽然只活了39岁,但他的《满江红》词,"还我河山"的誓言,以及母亲在他背上刺下的"精忠报国",都永远留在了中华民族的历史上。

藏在诗中的父爱

陆游是中国历史上的著名爱国诗人,他十分注重家风,注重对孩子的教育。他曾经专门写了一段《家训》:"后生才锐者,最易坏。若有之,父兄当以为忧,不可以为喜也。切须常加简束,令熟读经学,训以宽厚恭谨,勿令与浮薄者游处。自此十许年,志趣自成。不然,其可虑之事,盖非一端。吾此言,后生之药石也,各须谨之,毋贻后悔。"其主旨是,孩子的品行要从小抓,要让孩子先成人,后成才;要让孩子懂得宽容、厚道、恭敬、谨慎,不让孩子和一些轻浮的人来往;孩子养成了好的习惯,十余年后定会成为一个有用之才。

陆游一生留下家训26则,还有不少教育孩子的诗。除了人人皆知、饱含爱国情怀的《示儿》外,比较有名的还有《五更读书示子》。作为一名爱国诗人,陆游念念不忘守国、爱国、护国,时时不忘爱民、惜民、济民。半夜读书偶感成诗,便告诫自己的孩子:高官厚禄不足为念,有了机会就要去救助民众。

在陆游教育影响下,其后人不论为民为官,都做到了忧国忧民,正直忠贞。两个儿子均是有名的清官;孙子陆元廷,为抗敌奔走呼号,积劳成疾而死;曾孙陆传义,与敌人势不两立,崖山兵败后绝食而亡;玄孙陆天骐在战斗中宁死不屈,投海自尽。满门忠烈,一家义士,就是对陆游的最大告慰。

对子女严格要求的张居正

张居正是明朝很有作为的政治家,曾经出任"内阁首辅",位极人臣。他对家人要求非常严格,教育他们要带头奉公守法,不允许凭借权势做出违法乱纪的事来。儿子去外地参加乡试,路途遥远。他没有像其他官员那样违规使用朝廷的驿递,而是自己出钱雇请车马,送儿子前去应试。临行时,他告诫儿子:"驿递是国家的交通设施,只能用来办理公事。在路上,你不要惊扰各地的官员,更不能动用驿递。"儿子非常理解父亲的教诲，遵照父命，一路上都是自己解决交通和食宿，没有麻烦任何朝廷官员。

还有一次，张居正的弟弟患了重病，需要回到家乡治疗。因为病情危重，保定巡抚得知后，擅自做主，破例发给他弟弟使用驿递的手谕，以避免在路途上耽搁时间。张居正得知以后，动之以情，晓之以理，说服了弟弟，立即退还了巡抚的手谕。

家中每年应缴纳的赋税，张居正总是"戒子弟输纳，无敢后时"，教导子弟、家人按时缴纳国家赋税，不得以任何理由拖延。在他的督促之下，应该服的劳役，子弟们谁也不敢推脱逃避。

他平时教育子弟，除了督促加强道德修养和读书学习两件事以外，从来不会说到购置房屋、土地之类的事。

家乡有一块淤地，地方官想划拨给张家。张居正知道后，立即去函谢绝。他表示，不愿意凭借职权，侵占乡邻的利益。家里现有的田产，足以保证温饱，无须再增加，并说："我不愿意广积财产而助长子弟们的过错。"

当簪择友

清代李拔是乾隆年间的进士，曾经担任福宁知府，以清廉著称。

李拔能够脱颖而出，与他母亲周氏的教育有关。李拔曾经回忆自己年幼时的情景时说："家庭生计日艰，母亲在家喂猪养蚕，父亲外出为人砍柴、背米，才免于死亡。"由于李父长期忙于生计，无暇顾及家庭，李拔三兄弟主要由母亲教导。周氏为塾师之女，贤惠持家。虽然家庭极度贫寒，但是李母始终督促李拔读书识字，教育他勿忘"修身齐家治国平天下"的理想。

李拔15岁的时候，周氏忧心忡忡。儿子聪明勤奋，颇有天赋，却苦于家境贫寒，无法为其聘请名师指点。内心的煎熬让她夜夜无法入眠，经再三思索，她想到"无师当取益友"。于是，周氏当掉头上的簪子，这也是家中唯一值钱的东西，用典当来的钱招待儿子的学友，以吸引优秀学生与儿子一起学习。李拔明白母亲的良苦用心，从此学习更加努力。雍正九年（1731年），18岁的李拔考中秀才，后来中举、中进士，一帆风顺踏入官场。

在李拔人生的关键时刻，母亲当簪为其择友，为他创造了良好的学习交友环境，为他以后走上成才之路打下了扎实的基础。自李拔以后，李家"一门四进士"，成为四川犍为有名的世家。

百官楷模马丕瑶

河南安阳县蒋村镇有一个马氏庄园，是晚清名臣马丕瑶的故居。马丕瑶是同治年间的进士，曾在广西、广东等地为官，被誉为晚清"百官楷模"。

马氏庄园有一副对联，"一等人忠臣孝子，两件事读书耕田。"这是马丕瑶做人、处事、为官的核心理念，也寄托着他对子女、族人的殷切期望。马丕瑶写的《约斋铭》第六条"处家"里说"儿辈严课读，也要善诱循循，约约家之本在身，不修己，难责人"，意思是要严加管束、循循善诱，督促儿孙后辈读书学习，这才是治家之本。

马丕瑶对子孙、族人的读书有极为严格的要求。为了督促子孙、族人认真读书，他在马氏庄园里专门建了一座"读书楼"，并请光绪皇

曾	子
杀	猪

《曾子杀猪》是一篇古文，讲述了曾子用自己的行动教育孩子要言而有信，诚实待人。同时这个故事也教育成人，自己的言行对孩子影响很大。待人要真诚，不能欺骗别人，否则会将自己的子女教育成一个待人不真诚的人。

帝的老师翁同龢题写了楼名。马家子孙 13 岁以后，要到读书楼学习。"读书楼"没有楼梯，而是用一个专门的木梯，把孩子送上去后撤走。如果当天的学业没完，绝对不允许下楼。

马丕瑶为官清廉，经常告诫子侄说："那些投我们所好的人，肯定是有目的的。如果上了他们的当，就跟喝毒药一样会害了自己。"

在马氏良好家风的影响下，马氏人才辈出。长子马吉森是清末民初实业家，次子马吉樟及第，成为晚清翰林。小女儿马青霞积极参与并支持了辛亥革命，最后将数百万家产全部捐给了刚刚成立的民国政府，有"南秋瑾、北青霞"之称。孙子马载之是我国工矿学界先驱。马家因此被赞誉为"一门双进士，三代五俊杰"。

第一廉吏于成龙

清代名臣于成龙被康熙帝称赞为"天下廉吏第一"，曾任直隶巡抚、两江总督。他一心为民，深得百姓爱戴，在教育子女方面也成就斐然。

康熙初年，于成龙任广西罗城县令，被两广总督金光祖举荐为全省唯一"卓异"，升任合州知州。长子从山西老家来看望父亲，于成龙仅有一只一直舍不得吃的咸鸭，就割下一半作为礼品，让儿子带回老家，因此人称"半鸭县令"。于成龙从直隶到江宁上任时，与小儿子雇了一辆驴车，各自带上几十文钱住旅舍，没有住宿官府提供的驿站和公馆。

于成龙言传身教，卓有成效。长子于廷翼自父亲出仕后数十年间，悉心侍奉祖母和母亲，培养两个弟弟成人。他虽然自奉节俭，但在公益事业方面从不吝啬，把自家的五亩土地捐给了养济院，收养鳏寡老病者。家乡大灾之年，他与族人将家中存粮接济乡人，名为借给，事后将借据付之一炬。

于成龙长孙于准继承祖父遗风，谨记父训。从山东临清知州到贵州、江宁巡抚，最后升任两江总督。他为官清廉，大举善政，多次受到赏赐。康熙曾经御笔亲书额联，赞其"恺泽三吴滋化雨，节旄再世继清风"。

于成龙去世23年后，长孙于准续修《于氏家谱》，总结历代先人家规、家训，编订《于氏族规》22条、《于氏家训》41条，涵盖勤、俭、学、善、廉等各个方面，成为于氏族人的行为规范。

爱孩子要有度

清代书画家郑板桥晚年得子，自然对儿子很疼爱，却从来不溺爱。他在给堂弟郑墨的家信中讲到爱子之道："余五十二岁始得一子，岂有不爱之理！然爱之必以其道，虽嬉戏玩耍，务令忠厚悱恻，毋为刻急也。"在另一封书信中又谆谆告诫道："要须长其忠厚之情，驱其残忍之性，不得以犹子而姑纵惜也。"郑板桥还在信中写道："夫读书中举中进士做官，此是小事，第一要明理做个好人。"郑板桥以竹入联："咬完几句有用书，可充饮食；养成数竿新生竹，直似儿孙。"他教育儿孙，做人要像竹子一样虚心有节、刚直不阿。

郑板桥临终之时，把儿子叫到床前，说自己要吃儿子亲手做的馒头。儿子觉得很奇怪，但父命不可违，只好勉强答应，心中却叫苦不迭，因为他根本不会做。父亲看出儿子面有难色，便叫他去请厨师作指导，但明确交代，只许儿子亲自动手做，绝不能直接由厨师代劳。

儿子请到了厨师，先从和面擀面做起，然后才学着怎样做馒头，累得腰酸背痛，满头大汗，真是费了九牛二虎之力，才算把馒头做成。等到馒头蒸好以后，高高兴兴地送到病榻前，这时郑板桥却早就断了气。儿子哭着跪在床边，忽然发现茶几上有张纸条，拿起来一看，只见上面写着这样的话："淌自己汗，吃自己饭，自己的事自己干，靠天、靠地、靠祖上，不算是好汉！"到这时儿子才明白父亲临终时要他亲手做馒头的用意，原来是教他学会自力更生，不能依赖他人或祖业生活。

左宗棠教子耕读

晚清名臣左宗棠教子有方，非常注重培养子女的吃苦精神。他曾经写过两副对联，一副贴在家庙里，内容是"纵读数千卷奇书，无实行不为识字；要守六百年家法，有善策还是耕田。"另一副贴在私塾里，内容是："要大门闾，积德累善；是好子弟，耕田读书。"两副对联，都强调耕读传家，其中耕比读还更为重要。

左宗棠出山前，有过一段很长的耕读时光，所以对耕读有着很深的认识和体会。他一再要求后代继承祖辈的耕读家风，保持农家子弟本色，勤耕田，读好书。

同治六年（1867年），他担心孩子们在城市闲居太久，会沾染不良习气，特意写信叮嘱周夫人："秋收后还是移居柳庄，耕田读书，可远嚣杂，十数年前风景，想堪寻味也。"

读书耕田，并不是要子弟学会种庄稼，获得更多粮食，左宗棠更深刻的用意在于培养子孙自食其力的能力。他在家书中告诫:"我廉金不以肥家,有余辄随手散去,尔辈宜早自为谋。"他还多次强调不能借上辈余荫坐享其成,更不能倚仗权势作威作福,"断不可恃乃父,乃父亦无可恃"。

他从不为子孙谋一官半职。在西北主政十三年之久,左宗棠从没用过私亲,四个儿子,没有一个留在身边。两个女婿想到他手下来做官,也被断然拒绝了。子侄辈、妻舅辈人丁很多,但没一个被安插为官。很多族人和乡邻求办事,都被一一打发回去。1880年,他写信给继任陕甘总督杨昌濬说,亲戚同族如有逗留兰州请求收录的,"决不宜用"。

读书可以改变人的气质

曾国藩以立德、立言、立功闻名于世,被称为"中国历史上的最后一个完人"。

他对于子女的教育极为重视,曾经写了1000多封家书,给弟弟和儿子,流传很广,影响力很大。曾国藩对子孙的期望,不在于"功名富贵",而在于"读书明理"。

大儿子曾纪泽不喜欢八股文,曾国藩就鼓励他研究西学。曾纪泽写成《西学述略序说》和《〈几何原本〉序》,这两本书出版,都是曾国藩亲自批阅后为之刻版发行的。

在晚清的外交舞台上,曾纪泽是最好的外交家。他代表国家签订的《中法条约》是近代史上中国人唯一没有吃亏的条约。

曾国藩鼓励二儿子曾纪鸿研究数学。曾国藩曾经单独给九岁的小儿子纪鸿写信："凡人多望子孙为大官，余不愿为大官，但愿为读书明理之君子。"后来，曾纪鸿写了三本数学专著，其中最有名的一本叫作《圆周率论》，把圆周率推算到小数点以后140多位，这是当时中国学者在世界上作出的最好的数学研究。当时，欧洲的学者只能算到小数点以后40多位。

曾国藩说："人之气质，由于天生，很难改变，唯读书则可以变其气质。"曾氏家族，由于注重读书，人才辈出。自曾国藩兄弟之后，曾家再没出过领兵打仗的将领或者大官。他们的后代绝大多数留学英、美等国的名牌大学，成为教育界、科技界、艺术界的名家大师，在各行各业有巨大成就者有两百多人。

要做仁人君子

文史大家钱基博有一个青出于蓝的儿子钱锺书。对于钱锺书，钱基博是出了名的严父。

钱锺书从小被过继给伯父钱基成。伯父非常溺爱他，使他逐渐染上了晚起晚睡、贪吃贪玩的坏习惯。钱基博想管教，又担心兄长生气，敢怒不敢言。

1920年，伯父去世后，钱锺书由父亲直接管教。他才思敏捷，只要静下心来读书，几乎是过目成诵，一旦与伙伴们玩耍时，就信口开河，臧否古今人物。钱基博便为他改字"默存"，告诫他少说多做，以防口生祸端。

1923年，父亲赴清华大学任教，钱锺书已考上桃坞中学，检查课业时，父亲始终对他的作文不满意，要求钱锺书"单日作诗、双日作文",他从此开始大量阅读,渐渐可以代父亲写信,由口授而代写,由代写信而代做文章。

1929年,钱锺书考入清华大学,就读外文系,父亲钱基博已因病回南方,任教圣约翰大学。父亲时常写信给儿子,"做一仁人君子,比做一名士尤切要。"希望钱锺书能"淡泊明志,宁静致远",做一个诸葛亮那样的人。

入校不久,钱锺书就因超高的语文、英文水平名震校园,父亲钱基博在信中说:"现在外间物论,谓汝文章胜我,学问过我,我固心喜;然不如人称汝笃实过我,力行过我,我尤心慰。"

后来,钱锺书留洋归来被清华大学破例聘为教授,次年转赴国立蓝田师范学院任英文系主任,钱基博此时任该校中文系主任。父子同校为教授,在当时也是佳话。

鲁迅教子的艺术

鲁迅晚年得子,对海婴倾注了全部的父爱。

海婴渐渐长大了,喜欢看电影。凡是有益于儿童身心健康的,鲁迅常常带他去观看。

一次,吃晚饭时,海婴听说饮誉世界的"海京伯"马戏团到上海演出,高兴得手舞足蹈。但鲁迅考虑到马戏团大多为猛兽表演,且在深夜临睡前,怕海婴受到惊吓,终于没有带他去看。海婴为此号啕大哭了一场。鲁迅第二天便耐心地对他说明了原因,答应另找机会,白天陪他去看。鲁迅在1933年10月20日的日记中有这样一条记载:"午后同广平携海婴去海京伯兽苑。"这件事给海婴印象很深,以后每提及此事，海婴就动情地说："父亲对我如此真心的爱，使我认识到一个人如何才能当一个好父亲。"

有一回，萧红到鲁迅家吃饭，许广平从街上一家福建菜馆买了一碗鱼丸子。吃饭的时候，海婴先夹了几个丸子吃，吃了一个后就说"不新鲜、不好吃"，许广平吃了一个，感觉很新鲜，于是就批评海婴，并给海婴又夹了一个。海婴吃了后，依然说不新鲜，许广平就生气了，更加严厉地斥责海婴。见此情形，鲁迅便把海婴碟子里的鱼丸夹起来尝了尝，发现果然不新鲜，原来这碗鱼丸中，有一部分是新鲜的，还有一部分是不新鲜的，海婴吃的是不新鲜的，而许广平恰恰吃的是新鲜的。鲁迅于是说："他说不新鲜，一定也有他的道理，不加以查看就抹杀是不对的。"许广平事后感慨："周先生的为人，真是我们学不了的，哪怕一点点小事。"

黄炎培教子有方

黄炎培对子女教育要求十分严格。他与原配王纠思生有六子六女，王去世后，又续娶姚维军为妻，生两男两女。十六个子女中，除了几个幼年夭折外，都培养成为出类拔萃的人物。其中，二儿子黄竞武是美国哈佛大学经济系硕士，新中国成立前夕，他奋不顾身揭发国民党偷运黄金白银到台湾的事情，并发动职工怠工拒运，惨遭杀害。

四子黄大能初中就读于沪江大学附属中学，该校环境优美、学费昂贵，学生中多为富家子弟，黄大能身处其间也受了些影响。黄炎培察觉到儿子的变化，将其转到中华职业学校，这所学校的学生大多是平民子弟。黄炎培曾解释说："我们黄家可不能培养出一个贵族子弟来。"

值得一提的是，黄炎培子女在人生道路上不仅严守家训，还将其传给了下一代。上海市档案馆保存了一份黄炎培三子黄万里的家书，写于1947年6月，信中提到黄万里长子黄观鸿的一件小事，很能说明问题。信中写道："观鸿决不肯坐黄包车到学校去，问其何故，答谓：'看见车夫满头汗珠滴下来，我就不想坐了。'此语出诸天真无伪之孩童，使男闻之十分感动。"黄万里认为，儿子仁慈的秉性，是受黄炎培家风家训的影响。

品行的重要性

梁启超先生一生匡时济世、勤奋著书，留有著述一千四百多万字，成为文化启蒙运动的一代宗师。梁启超将国家的复兴寄托于中国文化的现代化，他的政治理想与人文追求也影响着子女。

梁启超教子，不强求孩子的成绩，也不干涉孩子个人的兴趣选择，但是有一样东西，他十分在意，那就是孩子的品行。他曾经这样说"你如果做成一个人，智识自然是越多越好；你如果做不成一个人，智识却是越多越坏。"

在梁启超很小的时候，母亲对他总是很温柔。但是有一次，梁启超因为一件小事而撒谎，一向温柔的母亲为此盛怒，打了他十几鞭子，告诫他，不诚实的人将来只能成为乞丐、盗贼。梁启超谨记在心，在有了自己的孩子之后，对孩子的品行要求更是严格。他还让孩子们从小读中国的传统经典《论语》《孟子》，教导他们"知者不惑，仁者不忧，勇者不惧"的道理。

"一门三院士,九子皆才俊"。在梁启超的精心教育下,九个孩子都是德才兼备之人。他的大女儿在丈夫去世之后独自抚养四个孩子,生活十分困难,却始终不肯向日本人低头。三子梁思忠,在淞沪战场浴血奋战,以身许国。而九个孩子中,七个曾经在国外名校留学,学成之后,全部回国,投身到祖国的建设中来,在不同领域取得了杰出成就。爱国,对梁家而言,从不是一句空话。这样优秀的家风家教,确实难能可贵。

人生应当追求学问和道德

抗战时期,16岁的汤一介刚由昆明去重庆南开中学读书不久。在南开,所有的学生都住校,吃集体伙食,菜很少,吃完第一碗饭,菜就没有了。因此,汤一介写了封信给父亲,抱怨生活太苦。父亲汤用彤在回信中把杜甫的《茅屋为秋风所破歌》抄给汤一介,并且告诉他:"前方战士流血牺牲,这样你才能在后方读书。一个有理想、有抱负的人应该多想想比自己更困难的人,要像杜甫那样,在艰难的生活中,他想到的是大庇天下寒士。"

汤一介的大妹患肾炎不治而离开了人世,她那时只有14岁。知道这个消息后,汤一介写了一封信给父母,述说哀恸。"死"究竟是怎么一回事?

父亲汤用彤给汤一介回了一封信,只有二三百字。信中引用孔子的话:"未知生,焉知死。"并且说,"对于生死、富贵等不是人应去追求的,学问和道德才是人应该追求的。"要他好好读书,注意身体。

因为功课压力大,汤一介曾经想放弃学业。父亲写了一封长信告诉汤一介："读书、求学就像爬山一样，开始比较容易，越往上越困难，这就看你是否能坚持，只有有志气的人才能爬上去。爬得越高，看得越远，眼界越开阔。"还举出一些古今学人坚持为学的例子来鼓励汤一介。

父亲这薄薄的几封家书，诚如汤家祖训"事不避难，义不逃责，素位而行，随适而安"所言，一同激励着年轻的汤一介在求学治学的道路上坚持走下去，并最终成为一位学贯中西的哲学大师。

把家风写在字里行间

《傅雷家书》自1981年出版以来，虽然版本几经增补更新，但都以著名翻译家傅雷与其长子傅聪从1954年至1966年的家信为主要内容。后续版本增补傅雷给次子傅敏的信、傅雷夫人朱梅馥的信等，也从不同的侧面立体还原了傅雷一家秉持的家风家学家貌。

1954年，傅聪赴波兰参加第五届肖邦国际钢琴比赛，并在波兰留学。离开上海前，傅雷临别赠言："先做人，其次做艺术家，再次做音乐家，最后做钢琴家。"这句话在之后的家书中也被反复提及。无论身处顺境还是身陷泥淖，做事之前"先做人"这一信条，傅雷一家始终在用尊严捍卫、用生命践行。

1960年5月，英国批评家埃利奥特写的《从东方来的新的启示》，盛赞傅聪用东方人的思想感情去表达西方音乐。傅雷深以为然，希望儿子"继续往这条路上前进"，尽"中国艺术家对世界文化应尽的责任"，使"世界的文化愈来愈丰富，愈来愈完满，愈来愈光辉灿烂"。从家书中，我们不难发现傅雷心中的大爱，不仅仅拘泥于对祖国的、民族的自觉和自豪，还在于对世界文化艺术的倾力贡献和对世界他国民众的同理共情。

傅雷写给儿子的这二百多封家书，有生活恋爱婚姻人生方面的叮咛嘱托，有艺术文化哲学方面碰撞的思想火花，也有家国情怀气度修养方面的提醒点拨，但最基本最核心的信条是"先做人"。

神奇母亲王淑贞

世界著名刑事鉴识专家李昌钰博士兄弟姐妹13个，跟他一样都取得了博士学位，在各自领域成就不凡。这一切，都要归功于他们的母亲王淑贞。

王淑贞把13个子女都培养成博士，其中有3位被授予"美国十大杰出青年"。美国总统克林顿、小布什，也都知晓这位母亲，在母亲节时写信赞誉过她，称她是一位"伟大的母亲"。

王淑贞19岁时嫁给李浩民，家境很富裕。1948年，李家举家迁往台湾。第二年，发生"太平轮沉没"海难，做生意的李浩民不幸遇难。41岁的王淑贞守寡，整个家庭也开始衰落。那时刚到台湾不久，王淑贞独自带着13个孩子，在陌生的环境里举目无亲，生活的重担突如其来地压在了王淑贞一个人肩上。

为了养活全家，王淑贞没有退缩，人到中年，原本是"大家闺秀"的她到富人家里做用人，带孩子，洗衣做饭，当家教，什么都干。她不仅养活了13个孩子，还鼓励他们考上大学，并且取得最高的学位。

孩子们也挺懂事，读书非常努力。于是，奇迹发生了，孩子们一个个都考取了博士学位。他们当中，有的是联合国有关机构的官员，有的是美国知名大学的终身教授,有的是国际大公司的总裁,每一个人都是社会的有用之才。

王淑贞,一位伟大的母亲,延续了历史上孟母、欧母等中国母亲的故事,而且更加让人震撼。她留下的"教子经"只有短短的15个字:"待人要好,做事要专心,少说话,多做事!"

钱玄同这样当父亲

语言学家钱玄同是物理学家钱三强的父亲,父子俩都是江南钱氏家族的杰出人物。

钱玄同小时候由父亲传授《尔雅》和其他儒家经典,后来有幸得到徐元钊先生的青睐。徐先生是古越藏书楼的主人,他把钱玄同安顿在藏书楼里埋头苦读。钱玄同从一个少年读成了年轻后生,后来同徐元钊的长女结婚。他们的儿子就是后来的著名科学家钱三强。

相对父亲来说,钱三强生活在一个经济条件比较好,衣食无忧的家庭,但他受到的教育却十分严格。父亲从小教他不要乱花钱,要养成简朴的好习惯;要爱国,追求真理,学好知识技能,长大后去改造世界。在家里父亲常向儿子灌输民主与科学的新思想:"对于社会要有改革的热情,时代是前进的,你们学了知识技能就要去改造社会。"为了让孩子从小体验"改造社会"的艰辛,钱玄同带着6岁的钱三强,一起参加了五四运动中的游行。

钱三强中学快毕业后,没有追随父亲学文,而是选择了物理学。对儿子的选择,钱玄同非常支持。后来,钱三强毕业于清华大学物理系,考取巴黎大学镭学研究所,到居里实验室从事原子核物理的研究工作，指导老师就是镭的发现者居里夫人的女儿和女婿。钱三强没有辜负父亲的期望，学成归国，成了一位著名的原子能专家。

钱三强对儿子钱思进要求也很严格。钱思进上大学后，仍然穿一身洗得发白了的蓝布衣服，脚穿布鞋，背一个旧帆布书包。有人劝钱三强不要对孩子太"抠"了，钱三强却说："钱多了，对孩子没有什么好处，反而会成为他们的包袱。从我自己的亲身经历来看，靠父母是不行的，要学会自己走路。"

文学家莫言的家风

作家莫言，本名管谟业，他的爷爷叫管嵩峰，干了一辈子木匠。管嵩峰虽然识字少，话不多，但他却懂得诚信做人的道理，在家具用料上十分讲究，哪怕很小的瑕疵也会告诉主家。刚单干的时候交"公粮"，有的人耍奸往里面掺沙土，管嵩峰从不作假，每次都把粮食筛得干干净净，把最好的粮食上交给国家。

在爷爷的影响下，莫言的父亲工作起来也一丝不苟，担任大队会计时将每笔账目记得清清楚楚。有一次，因为一分钱没有对起账来，父亲反复计算了好几天，终于找出了差错。莫言至今还记得，每次去大队会计室叫父亲吃饭，他都不让家人进屋，说如果少了钱，无论是谁都要负责任。

对待他人，莫言的父母非常仁慈，但对自家孩子，父母却十分严厉。莫言12岁那年下地干活时，因为太饿拔了生产队的一个萝卜。父亲得知后，揪着他就是一顿狠打，直到爷爷赶来才将他"救"下来。这件事让莫言刻骨铭心，尤其是父亲的那番话："我们祖祖辈辈劳苦勤俭，偷抢扒拿的事坚决不能干！"

2012年，莫言荣获了诺贝尔文学奖，成为第一个获此殊荣的中国籍作家。正当莫言站上世界文坛最高峰、被众多媒体追捧和亿万读者崇拜的时候，其父却告诫他："获奖之前，你和别人一样高；但获奖之后，你要比别人矮半头。"

简简单单一句话，投射出了父爱的深沉和做人的道理，让莫言明白：人，越是取得了耀眼的成绩，越要比人"矮半头"，秉承着一颗谦和之心，让一切归于平静，才能继续全身心投入到创作中去。

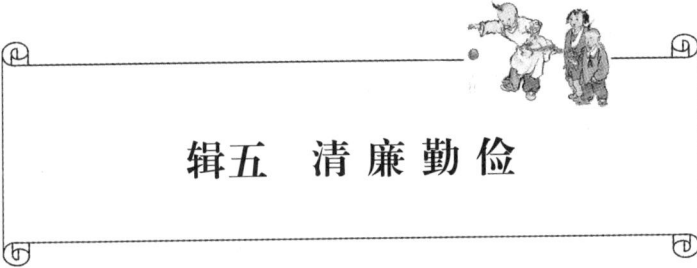

辑五 清廉勤俭

"以廉为荣,以贪为耻"是历史上许多优秀家族的价值追求。清廉家风要求远离金钱、美色、权力的种种诱惑,"堂堂正正做事,清清白白做人",个人修身之廉,在于洁身自好,慎独自律。执政为民之廉,在于心底无私,秉公用权。"历览前贤国与家,成由勤俭败由奢",勤俭是立身之本,也是持家之宝。家庭成员的勤俭,既是对于自然资源的爱惜,也是对于他人劳动成果的尊重。个人或家庭追求奢华生活,就会以不正当手段掠夺社会财富,其结果必然是灾祸降临。清廉勤俭的家风代代传承,可以帮助我们远离种种祸患。

子产和"金水河"的传说

子产是春秋时期郑国的国相,大权在握,很多人都想巴结他。子产喜欢吃鱼,有人就投其所好,给他送去鱼,却被子产拒之门外。别人问他:"您不是很喜欢吃鱼吗?为什么有人送鱼,您却不收呢?"子产说:"正是因为我喜欢吃鱼,所以才不收别人送的鱼。如果我收了鱼,就是受贿,就会失去国相的职位。到那时,我无职无权,再也不会有人给我送鱼了;而且我连俸禄都没了,自己也买不起鱼了。我不收鱼,廉洁奉公,忠于职守,就能保住相位,获得厚禄,还怕买不起鱼吗?我不收别人送的鱼,才可以一辈子有鱼吃呀!"

有一次,贵族丰卷将要祭祖,请求打一次猎,弄一些野味。子产不答应,并且说:"根据制度,只有国君能用猎获的野兽祭献,臣子用一般的家畜就行了。"丰卷对子产的态度非常生气,回到自己的封地,召集手下武士,威胁子产。子产想息事宁人,自己一走了之。郑国上卿子皮一边劝住他,一边把丰卷驱逐出境。

子产逝世时,因他一贯廉洁奉公,家中没有积蓄为他办丧事,儿子和家人只得用筐子背土,在新郑西南陉山顶上埋葬他。消息传到郑国臣民的耳中,大家纷纷捐献珠宝玉器,帮助他的家人办理丧事。子产的儿子不肯接受,老百姓只好把捐献的大量财物,抛到子产封邑内的河水中,悼念这位值得敬仰的人。珠宝在碧绿的河水中,放射出绚丽的色彩,泛起金色的波澜。这条河就是现在郑州市的金水河。

孙叔敖和"寝丘"之地

孙氏先祖孙叔敖是司马迁《史记》中《循吏列传》的第一人。他长期担任楚国令尹，对楚国的强大贡献巨大。孙叔敖生活俭朴，"妻不衣帛，马不食粟"，乘破车，穿旧衣。他的随从很不解，对他说："坐新车安全，乘好马跑得快，穿狐裘暖和，您为什么不要新车、好马、狐裘呢？"孙叔敖向其解释道："君子穿上好衣服更加恭谨，小人穿上好衣服更加傲慢。我没有好的品德，不应享受新车、好马、狐裘。"

孙叔敖临死之前，叮嘱儿子孙安说："楚王为嘉奖我多年的功劳，曾多次要给我封地，都被我拒绝了。我死后，如果他封你官爵，你千万不能接受。以你的才能，难以担当治国安邦的大任。楚王若封给你一处好地做封邑，你要坚决推辞。如果推辞不掉，你就请求把'寝丘'封给你。"

孙叔敖死后，楚庄王亲临送葬，扶棺痛哭，从行者无不垂泪。葬礼安顿后，楚庄王立即要封孙安做大官。孙安遵父命，力辞不受，回到乡下种田为生，日子过得比较艰苦。时间一久，楚庄王便把这件事忘了。

后来，楚庄王了解到孙叔敖后人生活艰难，急忙派人召孙安进宫，要封他万户之邑。孙安说："大王如果惦念先父尺寸之劳，要赏赐我衣食，愿得寝丘之地。这是先父的遗命，非此地不敢接受。"楚庄王没有办法，只好把寝丘封给了他。寝丘这个地方，位置偏僻，名字又不吉利，王公权贵都不屑一顾。后来，楚国连年动乱，好的封地频频易主，只有寝丘无人理会。孙叔敖的先见之明，使后代子孙安然无恙。

季文子"家无衣帛之妾"

从公元前 601 年至前 568 年,季文子共在鲁国执国政 33 年,辅佐鲁宣公、鲁成公、鲁襄公三代君主。为稳定鲁国政局,曾驱逐公孙归父出境。他执掌着鲁国朝政和财富,大权在握,一心安社稷。忠贞守节,克勤于邦,克俭于家。

《史记·鲁世家》记载:季文子当政时,"家无衣帛之妾,厩无食粟之马,府无金玉"。以此来收揽人心,并招纳人才,不断扩大自己的势力。《国语·鲁语》说:季文子身为位高权重的鲁国上卿大夫,掌握国政和统兵之权,有自己的田邑,但是他的妻子儿女却没有一个人穿绸缎衣裳。他家里的马匹,只喂青草不喂粟米。

孟献子的儿子仲孙它很瞧不起季文子这种做法,于是就问季文子:"你身为鲁国之正卿,可是你的妻子不穿丝绸衣服,你的马匹不用粟米饲养。难道你不怕国中百官耻笑你吝啬吗?难道你不顾及与诸侯交往时会影响鲁国的声誉吗?"季文子回答:"我当然也愿意穿绸衣、骑良马,可是,国内老百姓吃粗粮穿破衣的还很多。我不能让全国父老乡亲生活困苦,而我的妻子儿女却过分讲究衣着饮食。我只听说具有高尚品德才是国家最大的荣誉,没听说过炫耀美妾良马会给国家争光。"

孟献子闻知,将仲孙它幽禁了七天。受到管教的仲孙它,改过前非,亦仿而学之。消息不胫而走,在季文子的倡导下,鲁国朝野出现了俭朴的风气,并为后世所传颂。

吴隐之终身不改廉洁之风

东晋廉吏吴隐之在谢石手下做主簿,谢石对吴隐之的生活很关心。吴隐之的女儿要出嫁,谢石知道他家穷,便吩咐手下人带着办喜事所需的各种物品去帮忙操办。到了吴隐之家,只见冷冷清清,毫无办喜事的气氛,唯见婢女牵了一只狗要去市上卖。原来,吴隐之要靠卖狗的钱来做女儿的嫁资。

元兴元年(402年),吴隐之带着家人南下赴任,途经番禺附近的"贪泉"。据说,凡饮贪泉之水,必失廉洁之性。吴隐之则认为廉、贪在于内心的修养,与"贪泉"无关。于是,他大饮其水,并赋诗言志:"古人云此水,一歃怀千金。试使夷齐饮,终当不易心。"吴隐之此后长期在岭南为官,终身不改廉洁之风。王勃《滕王阁序》中"酌贪泉而觉爽"就是称赞他的。

有一天,一个属吏送来了许多肥鱼和海鲜。吃饭时,吴隐之看到满桌子的佳肴,惊奇地问哪里来的,家里人就告诉他别人送的。吴隐之找来那个官吏处罚了他,并且当众声明:有贪赃枉法或贿赂者,一律从严惩处。

真正的清廉之士,不管处在何种环境和条件下,也不管他手中有权还是无权,都不会改变自己的节操。

胡质父子清廉

胡质是东汉末年魏国的官员，政绩卓著，为官清廉。

胡质的儿子胡威年轻时，留住在魏国京都随母读书。父亲胡质时任荆州刺史，一家人已经一年多不曾见面，胡威思念父亲就踏上了前往荆州的路。虽然胡质位高权重，但胡威却如平民子弟一般，骑着自家的小毛驴急急前行，没有因私事打搅公家的驿站。如此早行晚息，终于来到荆州。

几天过去了，胡威该回家了，于是去向父亲告别。胡质拿出一匹绢交给胡威。胡威看那绢是贵重之物，心中疑惑，说："孩儿深知父亲清廉高尚，不知此绢从何得来，孩儿不能收受。"胡质先是一愣，继而笑着说："儿啊，这是我的俸禄所得，省吃俭用留下来的，让你路上卖了去换口粮当路费的，放心拿去吧。"胡威听了，这才恭敬地接过绢，告别父亲，骑上毛驴返家了。

在路上，遇到一位同行人，对胡威关怀备至，还把胡威沿途的食宿全包了。问知来历，原来是胡质帐下都督，请假回京探亲，听说胡威也要回京，便故意拖延几天行程，以便与胡威同路，尽一些恭敬之意。胡威听罢，千恩万谢，立刻把父亲给的那匹绢给了同行者，让同行者不要再为自己操心、破费，各走各的路。

回到京城后，胡威把路上的事，写信告诉了父亲。胡质大怒，立马叫来那个同行的都督，打了一百棍子，并罢了他的官。

裴坦和杨收

裴坦，字知进，河东闻喜人，隋代营州都督裴世节裔孙，唐僖宗时官至同中书门下平章事，居太平里，时称"太平宰相"。裴坦崇尚俭朴廉洁，为世人所称道。

《新唐书·裴坦传》载，裴坦与宰相杨收都是贫苦出身，后参加科举考试改变了命运，为朝廷器重，晋升为宰相。两人交谊深厚，不同的是，杨收讲究排场，喜爱奢华，而裴坦始终保持节俭的作风。杨收的女儿嫁给裴坦的长子为妻，嫁妆既多而又华丽，连家用小杂器多数也用金银制成，或者用金银镶嵌。裴坦讲究节俭，看到这些就很不高兴。

有一天，他与同朝好友以及夫人、儿女们来到新媳妇的宅院，见茶台上用小碟子盛放果品，裴坦脸上露出喜悦的神色。但仔细一看，碟子内使用卧鱼犀作为装饰，这卧鱼犀是犀牛角制成的珍贵的装饰品。顿时大为恼火，立即推倒茶台，甩着衣袖，走出儿媳住的宅院，一边走一边气愤地说："乱我家法！"小两口见老父亲很生气，就赶紧把这些东西都撤走了。

后来，杨收果然因贪图贿赂而受到惩处，被"仰药切喉"赐死。当年跟他享尽荣华富贵的同僚，也受到追究惩罚。唯有杨收的亲家裴坦因为洁身自好，没有受到牵连。

皇帝亲赐廉洁碑

唐代卢怀慎历经中宗、睿宗、玄宗三朝，虽身居宰相高位，但不置产业，老婆孩子缺衣少食。他所得到的俸禄和赏赐，全部拿出来赠送给亲戚朋友了。

卢怀慎得病后，宋璟、卢从愿去探视他，只见他床上铺一条破旧的竹席，上面盖一块单薄的草垫子，房门连门帘都没有。风雨袭来，他便举起席子遮蔽自己。

卢怀慎去世时，家人安葬他，因他平时毫无积蓄，只好叫一个老仆人熬了一锅粥，分发给帮助办理丧事的人吃。

开元六年（718年）的冬天，玄宗皇帝到城南去打猎，见到一片破旧的房舍之间，有一户人家好像正在举行着什么仪式，便派人立刻去询问，最后得知是卢怀慎去世二周年的祭日，正在祭祀吃斋饭。玄宗同情他家贫困，赏赐了绢百匹，并且停止了打猎活动，在回朝经过卢怀慎的墓地时，见到其墓地之上竟然连一块墓碑都没有。看到清廉一生的卢怀慎身后如此凄凉，玄宗心中万分难过，立即下诏让官府为卢怀慎立碑，令中书侍郎起草碑文，皇上御笔亲书。此墓碑至今犹存，被称为"廉洁碑"。

"爱吃"獐肉干的王安石

北宋宰相王安石生活简朴，吃的是粗茶淡饭，穿的是破衣旧裳。曾有人到王家送信，见他的衣着，竟把他误认作家仆。

某日，王安石"幅巾杖履，独游山寺"，听到有人谈论文史，就驻足聆听。有人见他穿着寒酸，说："你也听得懂？"王安石说略知一点。那人又问他姓名，王安石拱拱手，规规矩矩地回答说："我姓王，名安石。"那群人听了很惭愧，个个俯首散去。

王安石招待亲属，饮食也很俭素。当宰相后，亲家的儿子到京师办事，顺便来拜访，王安石请他吃饭。桌上只有一些烧饼、蔬菜、米饭和菜羹，还有少许的酒和几块烤肉，这位亲戚只吃了烧饼的中间部分，把四周却留着。王安石神情自若，将亲戚剩下的烧饼吃完，让此人感到非常惭愧。

曾经有人讲王安石喜欢吃獐肉干，王安石的夫人听说后很困惑，说王安石平日对饮食从来不挑挑拣拣，怎么突然喜欢吃獐肉干，就问负责王安石饮食起居的随从是怎么回事。随从回答说相公每次吃饭不吃别的东西，只吃獐肉干。王安石的夫人就问，吃饭时你们把獐肉干放在哪个位置，随从回答说放在最靠近筷子的地方。王安石的夫人吩咐说，次日吃饭的时候，把别的食物放在靠近他筷子的地方试试。果然，靠近筷子旁边的食物吃完了，獐肉干却剩下了。大家这才明白，王安石对食物并没有特别的喜好，什么东西放在跟前就吃什么。

以俭素为美的司马光

北宋历史学家司马光一生俭朴，还以此教育子女。

在洛阳编修《资治通鉴》时，司马光住在城郊西北一个小巷中，居所极为简陋，仅能挡风遮雨。夏天为避暑热，他请工匠挖地丈余，用砖砌成地下室，读书写作于其中。大臣王拱辰当时也住洛阳，所建宅第凌天高耸，最上一层称朝天阁，洛阳人戏称："王家钻天，司马入地。"邵康节则打趣说："一人巢居，一人穴处！"

司马光曾经写了一篇《训俭示康》的文章给儿子司马康。他说自己"平生衣取蔽寒，食取充腹"，"众人皆以奢靡为荣，吾心独以俭素为美"。他教育儿子"由俭入奢易，由奢入俭难"，"君子寡欲，则不役于物，可以直道而行"。在他的熏陶下，司马康以为人廉洁和生活俭朴而称誉于后世，而《训俭示康》也成了传统家教家训中的千古名篇。

庆历元年（1041年），司马光父亲司马池病逝于任上。司马光与兄长司马旦一起护送灵柩回到故乡安葬。他们告诉族人，父亲临终前曾嘱咐：下葬时棺中不放贵重物品，不看风水，不动官府，不扰民众。司马光以最节俭的方式安葬了父亲。

司马光夫人去世，宋神宗派人送了一些钱给他。他说："私事怎么能用国家的钱？"让儿子把钱退回去。但儿子觉得应该借点钱，把母亲的丧事办得风光点，可是司马光不同意。最后，父子商量把家里仅有的一块三顷的土地典当出去，这才简单地办理了丧事。

公私分明的王翱

明代王翱出身贫寒,年幼时得到家乡人很多帮助,做官之后回家宴请一众乡邻。等到开席的时候大家才发现,第一道菜居然是从北京西山摘的柿子,而且一直到天黑就只有柿子吃,再也没有上过别的菜。乡邻们发现王翱虽然身居高位,饮食起居却依然如同普通百姓。

对于钱财,王翱向来"淡然无欲",他在任提督辽东军务时,与一监军太监关系甚好,后来他改任总督两广军务要离开,临别时,那位太监拿出四颗西洋明珠相赠送,王翱一再坚持不要。太监哭着说:"这些明珠绝不是我受贿所得,是先皇将郑和所购得的西洋明珠颁赐我八颗。今以一半相赠,以为纪念。"王翱不好再推辞,只好收下,并将它缝在破袄里藏了起来。当王翱回朝为吏部尚书时,那位太监已经死去,他便访求那位太监的亲人,找到他的两个侄子,从破袄中拆出明珠还给他们。

在原则面前,王翱对家属也是寸步不让。王翱有一个女儿,嫁给了在京郊做官的贾杰。王翱夫人十分喜爱这个女儿,经常接女儿回家省亲。每当妻子临行前,贾杰就在她面前埋怨,"岳父把我调回京城,易如反掌,哪里有这么多麻烦。"女儿将此事告诉了母亲,母亲也觉得有几分道理。一次,王翱夫人乘王翱开怀畅饮之际,婉转请求将女婿调入京城。谁知王翱大怒,拿起案上物打伤了夫人脸面。到王翱去世,贾杰也没有被调回京城。

海瑞死后为城隍

中国历史上的清官，以宋朝的包拯和明朝的海瑞名气最大。海瑞自号刚峰，人称刚峰先生，原籍福建，后迁至广州。海瑞四岁丧父，母亲二十八岁居孀，能勤俭持家，做些女红贴补生活，母子相依为命。受母亲的教育和影响，海瑞自幼崇尚节俭，并保持了一辈子。

任淳安县令时，海瑞穿布袍，吃糙米，自己种菜，只有在母亲生日的时候才破例买了两斤肉。屠夫非常激动地告诉旁人："我这辈子终于有机会做海大人的生意了。"总督胡宗宪听说此事后也广为宣扬，认为这是浙江官场的一大新闻。海瑞为官多年，只用积蓄的俸禄二百二十两银子买了一处住宅。临终前不久，上级发下的柴火银子多算了2钱，他特地叫人送交回去。户部官员清点了他的遗物，只有俸银八两，布一段，旧衣服几件而已，丧事的开销还是同事筹集的。

在传统文化中，有"功德成神"的说法，凡有功于国家者，有功于百姓者，死后被尊为神。海瑞死后，南京人纷纷传说，海瑞已被玉帝封为主管南京的城隍神。一时间，南京百姓请道士念经修醮，准备迎接城隍上任。海瑞曾经任职过的苏州也不甘落后，为他盖起了城隍庙。为了平息两地纷争，朝廷封海瑞为"天下都城隍"，以他为所有城市的保护神。

方克勤"杯汤不肯受"

方克勤是明朝初年著名廉吏，他认为"禄不可白食"，爱民唯恐不及，律己唯恐不严。

在生活方面，方克勤衣着俭朴，不穿绸缎，一件布袍子穿了十几年还舍不得丢弃，每天舍不得吃肉，朋友下属有急难，就慷慨解囊相助。莱芜县丞想把老母亲接到县署来奉养，却苦于负担不起，方克勤就把自己一个月的俸禄送给他。有同僚衣食短缺，方克勤每年都赠送布帛，平时还接济饮食，关心细致。

方克勤在济宁任职知府三年，每个月的俸禄只要有结余的，就全部接济朋友，或者留在官库里公用，没有丝毫私人积蓄。居室简陋，墙壁倒塌的地方也没有修补，就买了几领苇席来挡风。房子里面除了几张桌椅，只有一些书册。平时和人交往，也不接受别人的馈赠，就算是一点点不值钱的东西，他也要照价付费。

别的人做官时奴仆成群，而他为官多年，身边只有一个儿子和一个仆人。他每次视察所属的郡县时，都是轻车简从，食宿所需的东西都由仆人带着，没有从下属那里索取一丝一毫。他每次巡行属县，"杯汤不肯受"，即连一杯热水也不肯接受，对下属送的礼一概拒绝。兖州的一位官员通过方克勤的仆人送了两个瓜，他如数退回并因此惩罚了收瓜的仆人。一位同乡担任附近州府的县令，前来拜访，送给他一只大雁。方克勤当即拒绝，并与这位同乡断交。

沈伦不修宅第

沈伦字顺仪,北宋开封太康县人,曾两度拜相。

建隆三年(962年),沈伦升任为给事中。朝廷的军队讨伐蜀地,任命沈伦为随军水陆转运使。王全斌、崔彦进攻入成都,都争相掠夺百姓家的玉帛、女子,只有沈伦居住在佛寺,吃青菜,有人拿珍异奇巧的宝物献给他,沈伦都拒绝了。他行李箱中的东西,只有几卷图书而已。

沈伦的宅第简陋,他住在里边却和从前一样平静。当时的权贵大多触犯禁令,到山西、陕西一带采购巨大便宜的木材,来营造私宅,等到事情败露,都到皇上面前自首。沈伦曾经给母亲采购木材修建过佛舍,因此也奏明此事。宋太祖笑着对他说:"你没有触犯禁令。"宋太祖知道他没有修葺宅第,就派太监按照图纸监督工匠替他修建。沈伦暗地告诉太监,希望修得狭小一点儿。太监告诉了皇上,皇上让按照沈伦的意思去修建。

沈伦清廉谨慎,喜欢佛教,相信因果报应。他曾经在盛夏时候坐在房里,让蚊虫任意叮咬自己的皮肤。童子拿了扇子来,沈伦把他们喝退了,希望以此来积德。他在担任宰相的时候,赶上饥荒,乡里来借粮食的人他都尽量借给,差不多借出去了一千斛。一年后,他把借据都烧掉了。

粗茶淡饭的"帝师元老"

清代名臣朱轼，历经康熙、雍正、乾隆三朝，深受三朝帝王赏识与重用，后来官至太子太傅文华殿大学士，兼吏兵二部尚书。

朱轼担任浙江巡抚期间，特别重视治理官场和移风易俗这两件事。他以身作则，撤除巡抚衙门原有一切陋规，裁减大半身边的工作人员。自己一日三餐皆粗茶淡饭，一年四季皆粗布衣裳，明确规定衙门大小官员一律不得衣着锦绣，必须举行的宴会也一定要遵从就简的原则。他说："考察官吏关键在于奖廉惩贪，改变社会风气关键在于去奢崇俭。"他告诉百姓嫁娶费用要适度，乡里来客、祭祀会集宴饮时只能有六盘菜，都是固定的东西，浙江人称它为"朱公席"。

乾隆为太子时，朱轼是太子太傅。乾隆对老师十分敬重，称赞他为"帝师元老"。据说乾隆曾经到他家里做客，他只拿出粗茶淡饭招待，菜肴为"四盘二碗"，主要有腊肉、肉皮、粉丝、闽笋、肉圆子、薯粉圆子等。朱轼老家高安请客，多用"四碗二盘"，有名的"朱公席"就是这样来的。

戴敦之拒收"鳌头银"

清代戴敦之以廉洁俭朴闻名于世。

在他从江西到山西上任布政使的途中，按规定要到京城朝见皇帝。

旧时惯例，凡上京官员过境，各州县设宴迎送，馈赠礼品，以示敬意。但他接到任职通知后，只告诉身边几个好朋友，就毫不声张地出发了。赴京城路上他衣不解带、足不离车，也不张扬，每天早早就起来催车上路。饮食从简，一天只吃六个面饼充饥。戴敦之独行数千里，简朴异常，以至于沿途百姓根本不知道他竟是一位新上任的大官。

到京城后，有客人来拜见，他亲自煮茶上酒殷勤招待，一律不用别人侍奉。到山西上任后，山西有个规矩，即当官的可享受一笔"鳌头银"，戴敦之不满地说："当官的自己有薪水，仆人们由主人发薪水，为什么还要有额外享受？"于是便取消了"鳌头银"，走马上任，无任何特殊之举。

不久，他又被调往京城任刑部侍郎。由于地位高了，前来拜访他的人很多，来求他办事的人也接二连三地登门拜访，开始他还很礼貌地接待他们，但对他们所提的一些不合规定的私事一概拒绝了。他诚恳地说："我身居要职，办事更应秉公执法，不能以权谋私。"后来，不管什么人来访问，只要不是公事，他都一律推辞不见。

一次，戴敦之回家乡度假，地方官设宴招待，他独自一人穿着普通的衣服和木屐赴宴。宴毕，众官员簇拥相送，奏乐备车，都被戴敦之一概谢绝。他只要了一把雨伞，自己步行回家去了。

"淡中趣长"的张知白

北宋张知白生平清俭，他在担任宰相时，生活依然像从前当河阳节度判官一样简朴，自己觉得很满足。

有人劝他从众，以免被讥为虚伪。身边人说："您俸禄很高，但自身生活却这么清苦,这又何必呢?"张知白回答说:"听人说:'浓处味短,淡中趣长。'现在凭我的俸禄,即使全家锦衣玉食,也不是承担不起。但是,从俭朴到奢华的生活容易,要想从奢华的生活回到俭朴的生活,那就难了。我今天的俸禄哪能一直这样呢?我的身体哪能长存于世呢?如果家人都习惯了奢侈的生活,一旦我失去了俸禄,我被罢官或者病死了,他们就不能马上适应俭朴的生活,那时候一定会因为挥霍而弄得饥寒无依。假如我在位与不在位、我在不在这个世上生活都是一样的,即使我去世了,家人也能像现在这样生活呀!"听的人都很佩服他的远见卓识。

张知白在宰相位上,无论是穿衣服还是坐车都很低调,不讲排场。他常常告诫自己不可骄奢淫逸,虽然地位很高,日常生活却一直清廉节俭,如同普通读书人一样。

清代高官的"豆腐汤"

清代名臣汤斌生活俭朴,为官清廉。

清顺治十二年(1655年),汤斌出任潼关道,上任时为了不扰民,他不要仪仗,而是自己掏钱买了三头骡子,一头驮着行李和书箱,另两头由他与仆人分骑,就这样悄无声息地"走骡上任"了。那模样不像是新官赴任,倒像是穷书生赶考。到了潼关道的衙门前,把门的官员验过他的官符,惊得连连摇头说:"就是把您放在锅里煮,也煮不出一点官味来啊!"此话确实耐人寻味。

康熙二十三年(1684年),皇帝亲自点名让汤斌出任江苏巡抚。身处富裕之地,汤斌却过着十分清贫的生活,他经常采野菜食用,每餐

孟	母
三	迁

孟母三迁,即孟轲(孟子)的母亲为选择良好的环境教育孩子,多次迁居。《三字经》里说:"昔孟母,择邻处。"孟母三迁便出自于此。现在有时用来指父母用心良苦,竭尽全力培养孩子。

必须有一味豆腐。因为他姓汤，又喜欢吃豆腐，百姓戏称其为"豆腐汤"。汤斌有四个儿子，两个小的带在任上，老大、老二留在老家，侍奉祖母。据说，有一次，汤斌看家中的账本上写着"买鸡一只"，立即查问。老仆回答：大少爷叫买的。汤斌大怒，把大儿子汤溥唤来，罚跪庭中，严加训斥。

后来，汤斌升任尚书，冬天御寒就靠一件羊皮袄。卫士们无论认识他的还是不认识他的，都指着他说："这位穿羊皮袄的，就是汤尚书。"汤斌去世时，京官前去吊唁，发现汤的遗体上穿的都是粗布衣服，遗产仅有官银8两。同僚徐乾学尚书拿出20两银子，才把后事办好了。

清代，汤斌是第一个谥号为"文正"的大臣，这是传统社会官员的最高荣誉。

"诗书勤耕读"的陈廷敬

清代名臣陈廷敬是山西晋城陈氏家族的杰出人物。明清两代，陈家一共出了9位进士，其中6位翰林，大小官员38位。

陈氏家族人才辈出，与其耕读家风有关。陈氏的始祖陈靠就是以牧羊耕田为生。在陈氏的祖祠中，供奉着陈氏始祖陈靠的画像，是牧羊人的打扮装束，手里拿着放羊的鞭子。这说明陈氏家族不以农耕牧羊为低贱，始终保持勤劳家风。二世祖陈林经营煤铁，家境开始富裕。三世祖陈秀知书达理，被推举为汉中府西乡县尉。陈秀在外任职，担心儿子不成才，写下三首《教子诗》。诗中有"起家绍业由勤俭，处事交人贵缓和""诗书勤耕读，财利少贪求"等。

陈氏的六世祖陈三乐，将他的女儿嫁给了明代吏部尚书王国光之孙王于召。王氏家族是阳城白巷里的大户，方圆有名的官宦之家。陈三乐能和王国光成为儿女亲家，说明当时陈氏家族的声望已非同一般。但是陈三乐仍然节衣缩食，自奉俭约，不讲究排场体面，家中甚至还没有接见宾客的厅堂，由此可以想象陈氏一贯朴实无华的生活作风。

陈廷敬是晋城陈氏的第九代，官至极品，但生活俭朴，在京为官五十余年，年老退休时整理行囊，并无值钱的物品，只有老屋数间，准备变卖之后归老。他贵为当朝宰相，出门竟无车坐，还要向同朝官员王方若借车。可见官至宰相的陈廷敬清贫到了什么程度。他的饮食无珍蔬膏粱，一冬只吃腌菜，自己还甚觉有味，赋诗曰：索莫一冬差有味，菜根占得菜花春。

"不要钱"的彭玉麟

晚清名臣彭玉麟是曾国藩弟子。他是湘军水师创始人，对于中国近代海军建设贡献也很大。

彭玉麟手握重权，在日常生活中始终坚持"不要钱"的原则。咸丰四年（1854年）冬，彭玉麟率湘军水师配合陆师攻陷了田家镇后，清廷奖励4000两白银，他都拿来救济家乡贫困百姓。他在给叔父的信中说："想家乡多苦百姓、苦亲戚，正好将此银子行些方便，亦一乐也。"还要求他叔父从中拿出一些银两在家乡办所学堂，期望为家乡"造就几个人才"。他对家人颇为严苛，儿子花费2000串铜钱修葺了家中老屋之后，他立即去信严词斥责。其实，他儿子修葺后的老屋也不过是三间土墙瓦屋而已。

有一次，彭玉麟的一位朋友前来拜访他，留客的午饭不过是青菜、豆腐、辣椒豆豉和茄子黄瓜，中间一盘辣子炒肉而已。他的朋友谈到此事就抱怨彭玉麟招待不周，彭玉麟的亲随人员解释说："饭桌上有一盘辣子炒肉，已经是优待了。"

按清朝制度，凡文武官员于正式薪俸之外，由国家另行发给养廉金一份，于离职之日一次发给，以奖官守，并杜绝贪污。据此计算，彭玉麟自咸丰五年（1855年）至同治元年（1862年），七年之间，应得养廉银二万一千五百余两，但他分文不取，全数上交国库充作军饷。彭玉麟考虑到他一个人这样做，会有人说他沽名钓誉，因而又请求曾国藩出面向朝廷说明。

彭玉麟虽然身居高位，又有丰厚的俸禄，但却能以身作则，不贪图个人享受，所以赢得了崇俭自守的美名。

"啬翁"的故事

清末状元张謇，"父实业而母教育"，一生创办了20多家企业和370多所学校，对民族工业和地方文化发展做出了巨大贡献。他曾有诗云"老夫五十称啬翁"。"啬翁"是张謇的自号，有两层含义。其一，"啬"同"穑"，即"稼穑"，收割庄稼的意思，"啬翁"就是老农。其二，"啬翁"的另一层意思，是取"吝啬"之义，意指节俭。

20世纪早期，张家富甲东南，但一直保持俭朴家风。他曾在《致吴夫人》中说："凡人家用度，若但出入相当，已不足以预备非常之急。若复过度，则更不合处家之道。新妇在家，汝宜为之表率，俾知处乱世处穷乡居家勤俭之法。"信中言语完全把自己一家看成寻常普通人家，量入而出，留备急用。

张謇独子张孝若在《南通张季直先生传记》中写道，张謇生活俭朴，一件长衫能够穿三四十年，鞋袜破了，总要补了又补。每天吃饭，一荤一素一汤，有客人来加一个荤菜。写信用的信封，都是拿人家来信的信封翻了过来再用。张謇常说："应该用的，为人用的，一千一万都得不眨眼顺手就用；自用的，消耗的，连一个钱都得想想，都得节约。"

张謇回老家常乐，或者去公司，大多是步行或坐独轮车。到垦牧区荒滩视察，常用的交通工具是牛车。他最不喜欢的出行方式是坐轿子。

张謇所立的《家诫》中，引用古人教子格言，再三强调"勤俭"二字，要求后代过普通人的生活，永远不要忘记勤俭美德。由于张謇教子有方，张孝若成为张謇事业的继承者，名列"民国四公子"，还是著名社会活动家。

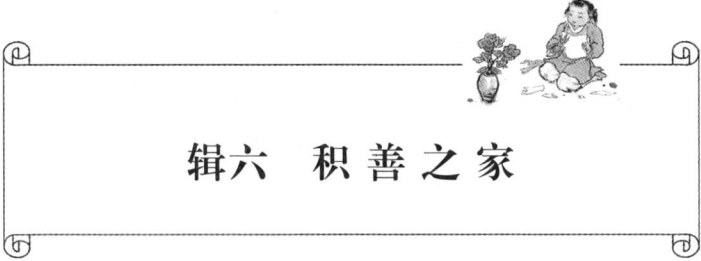

辑六　积善之家

"积善之家有余庆",一个家庭能够福泽绵长,关键在于能否存善心行善事。中国文化的善,是一个逐步推广和扩充的过程。闲居乡里则善待邻人,执政为官则善待百姓。善的对象既可以是人,亦可以是动物、植物乃至无生命之物。积善的过程既是提高个体修养的过程,也是贡献和服务社会乃至参赞天地化育的过程。

子罕善待邻人

子罕是春秋时期宋国的贤臣。

有人得到了一块美玉，把它献给子罕，子罕不肯接受。献玉的人说："我已经拿给玉工看过了，玉工认为它是宝物，所以我才敢献给您呀！"子罕说："我把不贪婪当作宝物，你把美玉当作宝物。如果把玉给了我，那么我们两个人都丧失了宝物，不如各人保有自己的宝物吧。"

献玉的人叩头，然后对子罕说："小人怀中藏着宝玉，到哪里都不安全，还是把它送给您吧。这样就可以免于被人谋财害命了。"于是，子罕把美玉放在自己住的地方，让玉工雕琢它，然后又卖了出去，把钱给了献玉的人。

子罕家南边的邻居是一位鞋匠。鞋匠家的地势较高，一到下雨天，积水就不断地流入子罕家的院子里。一天，士尹池看到后问，子罕贵为宋国大臣，怎么能容忍这种事。子罕回答说："邻居祖孙三代做鞋为生，在都城很有名气。我如果动用自己的权力把他们赶走，买鞋的客户找不到新址，就会影响他们的生意，甚至无法生活。我于心不忍，委屈下自己也没关系。"士尹池听完，对子罕佩服得五体投地。

不久，宋国发生了饥荒，子罕便请示宋平公，要求拿出公室的粮食借给百姓，让大夫们也都把粮食借出来。子罕把粮食给别人，却不写借据，不要求别人归还。有些大夫家中缺乏粮食，子罕就以他们的名义借给百姓粮食。宋国人都没有挨饿，百姓因此称赞子罕。

后汉樊重富而好仁

西汉末年，河南南阳有个叫樊重的人。有一次，他想制作一些常用的器皿，先种了许多梓树和漆树。人们嘲笑他，想不通他为什么要白费力气先种树，而不是直接取材。时间长了，梓树和漆树都长成了有用之材，过去讥笑他的人，现在也来向他借木材，樊重也一一满足乡亲们的愿望。

后来，北魏农学家贾思勰把这件事写进了《齐民要术》，以此说明"一年之计，莫如树谷；十年之计，莫如树木"的道理。

《后汉书》中记录了樊重家族的故事。樊重性格温和厚道，他们家三代不分家，一直过着大家庭的日子。樊重对农事很有研究，在他的带领下，全家人共同努力，开辟了田地三百多顷，他还养鱼牧牛，日常生活中的各种需求，樊重家都能自给自足。樊重家"资至巨万"，经常接济贫苦族人，恩德遍及乡里百姓。樊重活到八十多岁去世，他生前借贷给别人的钱达几百万，临终前，他吩咐家人把文契全部销毁了。欠债的人家听说了此事，很是惭愧，争着归还欠款。他的儿子遵从父亲遗愿，始终没有收下这些钱。

樊重的儿子樊宏持家后，传承了积善行仁的家风。他为人谦虚平和，戒惕谨慎，对功名利禄没有非分之想。樊宏常常告诫儿子说："富贵盈溢，未能有终者。"樊宏去世前，留下遗嘱要求薄葬，各种殉葬品一无所用，这在厚葬风气盛行的汉代是很特别的。朝廷赞同他的遗嘱，认为如不顺着樊宏的意愿办，就不足以昭显他的美德。

"散金台"的由来

汉宣帝时，疏广在朝廷任太子太傅，他的侄子疏受任太子少傅。

在任五年后，疏广对疏受说："我听说，知足不辱，功成身退，这是天道。"随后两人一起告病回乡。皇上考虑到他们年迈，就答应了，并加赐黄金20斤，皇太子另外赠金50斤。

疏广叔侄回到家乡以后，每天让家人陈设食具，摆上酒食，邀请族人、老友、宾客一起娱乐。多次询问家中还剩有多少金子，催促卖掉来招待众人。有人劝他们用这一大笔钱来买田置业，疏广说："我并非不为子孙考虑，只不过家里原本就有土地和住宅，子孙如果辛勤劳作，足够供应穿衣吃饭，生活不会比普通人差。如果这些钱给他们，只会让他们变得懒惰。贤明的人有过多财富，就会抛弃原有的志向；愚昧的人有过多财富，就会增加自身的过失。再说，富有的人，是众人怨恨的对象；我没有什么用来教化子孙，也不愿意给他们钱以增加众人对他们的怨恨。另外，这笔钱是皇上赏赐给我用来养老的，我与族人、朋友共同分享，以此安度余生，有何不可？"当时的人们都很佩服他的见解。

二疏去世之后，乡人感其散金之惠，在其旧宅附近筑了一座方圆三里的土城，取名为"二疏城"；又在其散金处建"散金台"，立碑纪念。后人在二疏城内又建二疏祠，祠中雕塑二疏像，世代祭祀不绝。

江南顾家的厚道

顾氏是江南早期的大姓，又是著名的名门望族，自汉末三国传承到明清民国，历来人才辈出。《世说新语·赏誉》称："吴四姓，旧目云：张文，朱武，陆忠，顾厚。"这一记载说明吴地大家族门风各有特色。所谓"厚"，也就是敦厚、厚道，与人为善。顾氏家族的成员文化素养高，又能谨遵礼法，立身处世有君子之风。

顾荣是晋代的世家子弟，字彦先，吴郡吴县人。顾家是大家族，顾荣的祖父顾雍曾经担任东吴丞相。西晋末年，拥护司马氏政权南渡，顾荣堪称江南士族的首脑。他虽然是贵族，但心思细腻，很会关心人。

顾荣在洛阳时，应别人的邀请去赴宴。在宴席上的时候，他发觉烤肉的下人脸上显露出渴求的神色，好像很想吃的样子。于是，他拿起自己的那份烤肉，让给他吃。同席的人都耻笑他做了有失身份的事。顾荣说："一个人每天都烤肉，怎么能连烤肉的滋味都尝不到呢？"

后来战乱四起，晋朝大批人渡长江南流，而每当顾荣遇到危难的时候，都会出现一个人在顾荣左右保护他。顾荣很感激他，便询问他保护自己的原因，这才知道原来他就是当年端送烤肉的仆人。

王吉休妻

王吉，字子阳，西汉时琅琊皋虞人，官至博士谏大夫。后因进谏的内容不合汉宣帝心意，辞去官职。

王吉住在长安时，东边邻居家种了一棵大枣树，枝繁叶茂，枝叶伸入他们家院中。王吉的妻子善于持家，每天都端来大枣，洗得干干净净，让王吉吃。起初，王吉以为是从街上买来的枣子，便心安理得地享用。后来他才知道，妻子每天从邻居家伸过来的树枝上偷偷摘枣给他吃。王吉是个十分正直的人，知道了事情真相之后非常生气，批评妻子不应该这样做。盛怒之下，他将妻子赶回娘家去了。

东边邻居家听说王吉因为此事赶走了妻子，感到过意不去，就拿了把斧子想砍大枣树。街坊、邻居们纷纷出来调解，王吉只好听从众人的劝解，把妻子接回来了，东邻家也把斧子扔掉了。

王吉和东邻两家，从此更加友好相处了。街坊邻居对王吉和邻居注重邻里团结的美德很敬佩，于是编了一首歌儿来赞美他们，歌中唱道："东家有树，王吉妇去。东家枣完，去如复还。"

善有善报的裴度

山西运城闻喜县裴柏村，以"中华宰相村"的美誉驰名中外。自汉代裴氏先祖裴晔迁居于此，家族繁盛，先后出过宰相59人，大将军59人，正史有传者600余人。裴氏家规由《河东裴氏家训》《河东裴氏家戒》两部分组成。家训劝人行善，家戒告诫后人，相辅相成。

唐代有名相裴度，他是历代裴氏中最为杰出的人物。裴度年轻时，经过一座寺院，看见一行禅师正在替人相面。他走上前去，请禅师看一看自己未来的前程。一行禅师熟视良久，说："你天生贱相，今生不但没有希望考取功名，而且眼光外浮，纵纹入口，这是一种乞食街头、饥饿而死的相。我劝你不用考了!"

裴度听了,非常伤心。数天后,他到香山寺去漫步,看见寺里有一位妇人跪在佛前,喃喃祈祷,祷告完毕,匆匆离去。

裴度看见案桌上有一个包袱,解开一看,是非常贵重的物品。他想:这一定是刚才那一位妇女所有,于是坐着等待失主。不一会儿,那位妇女满头大汗,气喘吁吁,匆匆地进门。裴度奉还原物,妇人拜谢而去。

回家途中,裴度又遇到一行禅师。两人擦肩而过,禅师却呼唤裴度转身,对他说:"你必定做了一件大好事,我看你的容貌,不但不会饿死,而且将来有无量的福报,可能会出将入相。积了阴德,脸上的相便会有所改变。现在看来,你将来享受的福禄远远超过大多数人。"于是,裴度就把刚才在香山寺,拾还包裹的事告诉了一行禅师,禅师也嘉许了他的善行。

那一年,裴度便考取进士。多年以后,裴度升为宰相,位极人臣。

唐临的仁爱

唐临,字本德,京兆长安人,生于隋文帝仁寿初年,约卒于唐高宗显庆末年。唐临性情宽容,非常体谅人。有一次他准备去吊丧,让童仆回家去拿白衣服,童子拿错了衣服,害怕得不敢进来。唐临知道以后,对他说:"天气不顺,不适合悲伤哭泣,我刚才让你去拿白衣衫,就不要去了。"还有一次,他让仆人煮药,仆人把药煮坏了。唐临对他说:"今天天色阴沉,不适合吃药,你把药扔掉吧。"

唐临年轻时,曾经担任万泉县令的下属官员。当时,县里的监狱关押着十几名没缴租税的犯人。晚春时节，正是耕种的好时候，唐临禀报县令："囚犯也有妻子和儿女，如果晚春的时候不耕种，他们的妻儿会饿死的，请把他们放出来。"县令害怕他们被放出后逃跑，不同意。唐临说："大人如果怀疑他们，我愿意替他们担保。如果他们逃跑了，我愿意承担全部罪名。"县令同意后唐临将囚犯全都召集起来，让他们回家耕种，并且和他们约定："春种结束，都要回到监狱里来。"囚犯们感激唐临的恩情，到春种结束时全部返回到监狱里。唐临由于这件事出名了。

唐高宗的时候，唐临被提拔到吏部尚书的高位，深受朝廷信任。

司马光诚实不欺

司马光五岁那年的秋天，有位亲戚送来一篮青核桃，他和姐姐想吃，却剥不开青皮。姐姐有事走开后，家里丫鬟用热水烫开了核桃青皮。一会儿姐姐进来了，看到司马光吃得正香，问他谁想的剥皮办法，司马光脱口而出，说是自己想出的。此事被父亲司马池得知，他厉声斥责司马光："小子何得谩语！君实，之所以给你起这个名字，就是要你说话真实，做事诚实，不说谎，不骗人。"司马光满脸通红，低头不语，暗暗立下誓言：从此不再说谎。

多年之后，司马光需要用钱，让管家去卖掉家里的马。此马高大有力，毛色纯正，性情温驯，但就是夏季常犯肺病。管家牵马出门时，司马光嘱咐他道："你必须告诉买家此马夏季常犯病，让买主细心照料。"管家笑道："这马外表这样健壮，有病别人也看不出来，告诉了买主不是要少卖钱吗？"司马光正色道："少卖点钱事小，坏了名声事大，做人必须诚实守信。"

数年之后，司马光入朝为官时，有人拜司马光为师，问司马光："做人最重要的是什么？"司马光答曰："诚！"又问："诚从何入门？"答曰："不说假话。"清代陈宏评价司马光道："一生以至诚为主，以不欺为本。"

范仲淹教育晚辈做善事

宋代名臣范仲淹经常教育晚辈要多做好事，不谋私利。

他的儿子范纯仁也有父亲的风范。一次，范纯仁押解500斗麦子回苏州老家。在运输过程中，范纯仁遇到了父亲的一位故友。在交谈中，他了解到对方的家境十分贫寒，父母去世无钱安葬，女儿待嫁却没有嫁妆。于是，范纯仁卖掉了麦子，可钱还是不够，就又把船卖掉了，解决了父亲老友的困难。回家后，范纯仁把这件事告诉了父亲，当范纯仁说到卖麦子的事情时，范仲淹抬起头说："那你把船也卖掉啊！"范纯仁说："父亲，我已经卖掉了。"

范仲淹曾经在苏州买了一块地皮，准备盖房子，请风水先生来看。风水先生看后高兴地说，此地风水很好，今后世代都会出大官。范仲淹听后表示，如果真是这样，好处不能让范家一家独得。于是，他把地皮捐出来，造了一座学堂。

旧时大家族常常建立义庄，来救济族人和帮助乡邻。义庄中有学校、公田、祠堂等设施。范仲淹在苏州吴县建立范氏义庄，这是最早有历史记载的义庄。范氏义庄章程详细，前后持续800多年，是中国慈善史上的典范。

范仲淹死后，被谥为"文正"，这是古代社会大臣的最高荣誉。按照谥法，"惟众人之所同服者正也，天下之义惟众为最公。"苏州大学有文正学院，得名由来就是为了纪念范仲淹。

南宋名医许叔微

许叔微是南宋非常著名的医学家。他年轻的时候有志于考科举，求功名，曾经梦到一位神人，让他做好事，积阴德。许叔微自知家中贫困，没有能力去帮助他人，便一心刻苦学医，将来就可行医救人。经过长时间的修习磨炼，他的医术越来越高明。

许叔微对待前来求医的人，不管身份高低贵贱，都有求必应。对于那些家境贫困者，他都免费赠药，经他亲手救活的病人不计其数。南宋建炎元年（1127年），真州发生大瘟疫，经许叔微救治的百姓十有八九得以活命。

有一天，许叔微在梦中再次见到那位神人。神人赋诗一首赠予他："药有阴功，陈楼间处。堂上呼卢，喝六作五。"许叔微百思不得其解。

第二年，许叔微再次参加考试，这次他本以第六名考中进士，可因为他的上一名突然亡故，所以他得以升为第五名。他的上一名是陈祖言，下一名是楼村。许叔微恍然大悟，原来梦中神人所述诗句，讲的是他科举登第之事。

许叔微因为济世救人而积了阴德，终于科举成名。他先后历任徽州、杭州府学教授及翰林学士，后因不满秦桧陷害忠良，弃官隐居幽谷，潜心医术，以济世救人为乐。

桐城张氏与人为善

桐城张氏世代显赫，仅清代在张英以后，连续三代有人担任大学士，六代有人担任翰林，这在传统社会是非常不容易的。张英和张廷玉都曾经担任大学士，被称为"父子宰相"。《聪训斋语》和《澄怀园语》两部家训即分别出自父子两人之手，包含立品、读书、养身、择友等多方面的内容。

桐城县志记载，康熙年间，张英任礼部尚书时，家人与吴姓邻居因宅居地界发生纠纷，飞书京城，希望张英出来说话。张英回信："千里传书只为墙，让他三尺又何妨。万里长城今犹在，不见当年秦始皇。"家人见信后主动将墙退让三尺。吴家深为感动，也退让三尺，六尺巷因此得名。

张英次子张廷玉历经康熙、雍正、乾隆三朝，皆为重臣，他是整个清朝唯一一个配享太庙的汉臣。张廷玉长子张若霭参加殿试，雍正皇帝阅至第五卷时，觉得该卷字迹端庄，文意绝佳，便拔至一甲三名（即探花），在场的大臣皆称评定公允。待拆卷时，方知是张廷玉之子张若霭。张廷玉得知后，立即奏请皇上换选他人。但雍正皇帝明确宣布，他的选拔非常公允，并非知道是大臣的儿子而有意甄拔。然而张廷玉仍再三恳允"以此让于天下寒士"，雍正深感其义，遂降为二甲第一名。这便是脍炙人口的张廷玉让探花的故事，和其父六尺巷让墙的故事一样为世人所感佩。

张廷玉清廉礼让，生活俭朴。住在皇帝赐居的咸畹旧园十余年，连日用器具都不全，以至同事亲友"多以俭啬相讥嘲"，但对百姓疾苦，却时刻忧戚在心，必欲尽力以解困。每到灾荒之年，张家都要捐款捐物，赈恤灾民。张廷玉还将祭父大典所余银两捐修了桐城东门外的"良弼桥"。

广安邓氏"修身立品"

广安邓氏家族是四川的名门望族。明清之际，广安邓氏有10多人考中进士，最有名的是清乾隆年间的大理寺正卿邓时敏。邓时敏的父亲邓琳教子有方，经常教育儿子"修身立品，以勤宜德"。

邓时敏幼年时学习勤奋，没有经过邓琳允许不得参与外事，只守在书斋里念书，甚至没有长辈之命令不敢从书房里出来。邓琳告诫他，说话一定要事先组织好语言，表达要严谨，一旦有失言之处，便会遭到严厉批评。邓琳教育子孙说："尝闻天之报，施善人，不于其身，必于其子孙。汝曹勉之。"

乾隆年间，邓时敏中进士，在翰林院做官。喜报频传，父亲邓琳面露喜色，但心里并没有因此而骄傲，写信告诫邓时敏为官之道。他说："第一在修身立品，亲正人，闻正言，行正事。词臣以文章报国，读中秘书须如诸生习学业，学问自进于高明。古来名臣，学术事功，非两途也。勤修职业以报圣主。无望老父言。"

邓时敏谨记父亲教诲，为官清正，深受朝野上下的拥戴，一直做到九卿之位。他对于家风传承也非常重视，曾经排下了"以仁存心，克绍先型，培成国用，燕尔昌荣"的家庭辈分顺序。

冒辟疆赈灾

冒辟疆是明末清初的文学家，江苏如皋人，一生著述颇丰。他读书生活的水绘园，曾经是人文荟萃之地，当时有人说："士之渡江而北，渡河而南者，无不以如皋为归。"

冒辟疆除了是大文人外，还是大慈善家。明亡以后，他缅怀亡友，收养东林、复社和江南抗清义士的遗孤20多人，并在水绘园增建碧落庐，以纪念明亡时绝食而死的好友戴建。

崇祯十三年（1640年），从山东到江浙沿海，千里大旱，飞蝗蔽日，百姓颗粒无收，如皋一斗米要卖到一千文。

冒辟疆捐出自己的家产，在如皋四门设粥厂，每天天不亮就起来，带着仆人发放粮食，监察稀饭的厚薄，核对人数，每天救助的灾民达3000多人。对于那些老弱病残，他还要上门表示关心，每天发放粮食和铜钱。前后历时五个月，救活了10万人。他的妻子苏元贞把珠宝首饰拿出来，以弥补赈灾款项的不足。

十年如一日，冒辟疆救济灾民从不懈怠，最后家财耗尽，自己的生活十分窘困。随着岁月流逝，冒辟疆耳目失聪，不得不靠卖字维持生计。此后几百年，冒氏家族一直人才辈出，为当地的名门望族。

陈昌期积德行善

山西晋城陈氏家族，在清代时出了个陈廷敬。他是康熙倚重的肱股之臣，被康熙称赞为"极齐全的老大人"，人品学识为时人所佩服。陈廷敬官声如此之好，与他的父亲陈昌期积德行善不无关系。

陈廷敬走上官场时，陈昌期曾经教育说："你能保持廉洁正派的品格，对我来说是最难得的回报。"儿在官场为国尽忠，父在家中积德行善。每逢饥年，陈昌期必拿出家里的钱粮解救灾荒，乡人皆感其恩德。

清康熙二十七年（1688年）遭灾荒，陈昌期将几代储积的粮食数十万石全部发放给乡人，许多饥民因此得以保全生命。同时，他又把乡人历年向他借钱的债券全部当众烧毁。山西巡抚奏请朝廷对他表彰，已经把请求旌表的公文送达礼部。陈昌期派人骑快马飞驰京师，命陈廷敬迅速出面阻止此事。当时陈廷敬已经是吏部尚书，他接到父亲的书信，按照父亲的意思立即具牒于礼部，要求礼部扣下山西巡抚的公文，不要上奏。礼部尚书感到陈昌期出于诚心，说："既然老人家坚持要这样，那就成全老人家的心愿吧！"

陈昌期积德行善，乐此不疲。他在85岁生日时，拿出家中所有的钱，换米数百石，周济乡人。乡里士民心里感激，要为他建生祠，来纪念他的恩德，陈昌期坚持不许。陈廷敬以后，陈氏儿孙辈又有6人考取进士。"积善之家有余庆"，古人所说，的确真实不虚。

曾国藩的慈善故事

曾国藩位列晚清"中兴四大名臣"之首,在近代中国历史上举足轻重。对于慈善,他始终有自己的方式和立场。

咸丰十一年(1861年),两江总督曾国藩决定把总督府移到安庆。在前往安庆的路上,遇到数十位行乞的灾民,随行的师爷急忙向曾国藩汇报。本以为曾国藩会停车走下来赠送银两,没想到曾国藩只是看了几眼,没有任何表示。师爷感到非常疑惑,名声满天下的总督大人怎么竟然会没有一点同情心?

正当师爷对曾国藩感到十分失望的时候,曾国藩突然示意车夫停止前进,然后把紧跟在后面的衙役叫到了面前,吩咐他脱掉官服,换上一身商人的衣服。接着,曾国藩把临行前预备的干粮和20两银子交给这名衙役,让他送给灾民。并嘱咐道:如若问起,就说你们是路过此处的商人,切记不可说是我曾国藩捐助的。

任直隶总督时,曾国藩一举打掉了长期巧取豪夺的强盗团伙,收缴上大量的金银珠宝。儿子问曾国藩怎么处理这些赃银,曾国藩回答说,一分钱也不准动,这些钱都来自百姓,那就全部捐给地方做慈善。同时提醒下属,不管捐到哪里,千万不要留名。

在曾国藩的一生里,看到有人乞讨,就给他食物吃;看着有人流浪,就给他找地方住。曾国藩默默地做慈善,从来不留名。正因为他积德之厚,他的子孙后代几百人都是国之栋梁和行业精英。

乞讨兴学的义丐武训

武训原名武七,清末山东堂邑人,一边乞讨一边为人做工。

由于不识字,武七曾被一个雇主骗去工钱。这件事对他刺激很大,也让他下决心兴办义学。为了积攒办学的费用,武七白天乞讨,晚上则为人纺织麻线赚点钱。

几年过后,武七攒够了六千文钱,他把钱存在当地一位仁善之家。此后,武七每攒够一千文钱都存到这家,而他由此所获的息金也随之增加,本息积累终至白银几百两。

光绪十四年(1888年),武七出资四千余吊,在堂邑柳林庄办起了第一座义塾。他高薪聘请塾师授课,并到穷人家去跪求父母,让他们把孩子送到学校免费读书。开学那天,武七拜见每一位老师和学生,并摆下丰盛的酒宴款待他们。武七自觉身份卑微,不便入座,就请当地有声望的名人陪席,而武七本人则只吃些残羹剩饭。平日上课,武七也经常到义塾去探视,见到老师勤奋授课,他便跪地拜谢。若是遇到塾师懈怠或学生贪玩,武七就长跪不起,流泪劝其勤勉。因此,师生都对武七非常敬畏而不敢懒散。

后来,武七又靠乞讨所得兴办了陶馆、临清两所义塾。山东巡抚张曜得知武七乞讨兴学的义举后,赐名为"训",并奏请朝廷赐武训"乐善好施"匾。

光绪二十二年(1896年),五十九岁的武训在为家乡留下三座学堂后,长辞于临清义塾中。民国时,《清史稿》为其列传。乞丐进国史,是中国历史上的稀奇事情,武训的仁心善行将一代代传承下去。

李叔同资助学生

民国奇人李叔同是一位好老师，他培养出了大批人才。在众多弟子中，李叔同与刘质平最为亲近。

1912年冬的一天，喜欢音乐的刘质平作了一首曲子，持谱去李叔同宿舍请教。李叔同接过曲谱，审视良久，悄声告诉他晚上八点半到教室来。这天夜里下着雪，刘质平提前五分钟来到教室，只见室内漆黑一片，他不敢贸然进入，只好站立在寒风中等候。待到八点半时，室内灯光突然亮起，李叔同肃然而出，手掏怀表对刘质平说："时间无误，知道你已饱尝风雪之味，你可以走了！"刘质平事后感悟到，这是老师对他的考验。

李叔同非常爱惜刘质平的音乐才华，决定出钱资助他留学日本深造。当时，留学日本除了学费以外，还有每月20元的生活费。家境贫寒的刘质平，根本承担不起这笔钱。李叔同当时在杭州的收入是每月105元，天津、杭州两个家各用40元，自己用5元，用20元资助刘上学。

李叔同要求刘质平不要把被资助的事情告诉任何人，包括家人，也不要因为接受资助而惴惴不安，过于勤奋提前完成学业以减轻老师负担。他只要求刘质平好好读书，快快乐乐，以健康的生活方式生活，顺利完成学业即可。

在资助刘质平读书期间，李叔同已经有了出家的念头。但是，如果出家，没有了固定收入，学生的生活就没有着落。所以，李叔同没有立即出家，而是一面继续教书，一面筹钱。直至凑齐了1000元，足够刘质平完成学业，李叔同这才出家。出家后的李叔同成为著名的弘一法师，他是律宗的最后一位大师。

吴昌硕乐于助人

大画家吴昌硕出生在浙江安吉一个风景清幽的山村里。他十几岁在私塾里念书的时候就爱好刻印，书包里经常带着刻印工具，一有空就拿出来练习。他的老师担心他耽误功课，总是加以阻止，但他还是背着老师偷偷练习。

三十多岁的时候，吴昌硕又爱上了画画，并有幸得到了大画家任伯年的指点。任伯年对他说："你爱怎么画就怎么画，随便画上几笔就是了。"于是，吴昌硕随意画了几笔。任伯年看他落笔不凡，笔墨浑厚挺拔，不禁大加赞赏，说道："你将来在绘画上一定会成名。"

成名后的吴昌硕生活节俭、乐于助人。他居住在苏州的时候，有一次从朋友那里回家，途中遇到大雨，在一个废园中避雨的时候，遇到了一个卖豆浆的人。通过聊天，卖豆浆的人知道他是一位画家，就向他索画。吴昌硕慨然应允。过了几天，卖豆浆的人到他寓所取画，他早已画好，并在画上题了一首诗，叙述这次邂逅经过，以作纪念。

吴昌硕对于有才华的年轻人也乐于提携。他看中了一位在药铺里当学徒的年轻人，此人在刻印方面很有潜力，就加以指点，并且介绍他到老友沈石友家里住了几年。这位青年得高人指点以后，眼界大开，进步很快，后来终于成为一名篆刻家。他就是别号泥道人的赵石农。

林徽因提携年轻人

提到民国名媛，许多人首先想到的是林徽因。林徽因才貌双全，在建筑学、文学等方面贡献巨大，还特别喜欢提携年轻人。

1931年，卞之琳在《诗刊》第二期发表了几首诗歌，引起了林徽因的注意，她认为卞之琳极具诗人潜质。林徽因邀请卞之琳来家中做客，通过约谈、交流，来提携、勉励初涉文坛的卞之琳。尽管她只年长六岁，却一直被卞之琳尊为长者。在卞之琳晚年撰写的回忆文章里，他一直对林徽因的关心满怀感激。

1933年11月，萧乾在燕京大学读书时，在《大公报》上发表了短篇小说《蚕》，引起了林徽因的关注。林徽因通过《大公报》副刊主编沈从文，邀请萧乾来家中做客。两人一见面，林徽因就说："你是用感情写作的，这很难得。"一句话，消除了萧乾内心的恐慌，两人愉快地交流起来。在林徽因和沈从文的帮助下，萧乾很快成为京派作家群中的一员。后来，萧乾担任《大公报》文艺副刊编辑，凡组织约稿恳谈会，林徽因每次必到，还帮助萧乾选编《大公报小说选》。

1934年秋，刚从法国留学回来的李健吾，在新创刊的《文学季刊》上发表了一篇文章——《评福楼拜的〈包法利夫人〉》。从未谋面的林徽因看到后，给李健吾写了一封长信，约他见面。从此，两人开始交往。李健吾对林徽因推崇备至，引为知己。林徽因的丈夫是著名建筑学家梁思成先生。梁家的沙龙名流云集，李健吾也是常客。

辑七 家规家训

在中国传统文化中，家风的传承往往是和家训、家规结合在一起的。家规是家庭成员乃至家族子孙后代必须遵守的规矩，家训则是诉诸文字或口耳相传的家庭基本价值观。相对于家风而言，家训、家规更为具体。家风的形成有赖于家训、家规的继承和弘扬。

周公家训

周公是中国历史上的大圣人。唐代以前,周孔并称,周公的地位还在孔子之上。

周以偏僻小邦取代殷成为大邦,周公在这过程中始终追随文王、武王,深知创业不易。武王去世,尚在襁褓之中的成王即位,由周公摄政。为了使成王成为明君,周公给成王留下训诰,其中最著名的是《尚书》中的《无逸》。周公讲了殷商历代贤王执政成功的经验,又讲了文王率领周部落崛起的历史,最后还讲了反面典型商纣王,告诫成王要敬畏天命,不要贪图安逸。

历史记载,周成王在与弟弟叔虞玩耍时,随手把一片梧桐叶刻成玉圭的形状,送给了叔虞,开玩笑说:"我要给你一块封地,喏,你就先拿着这个吧!"周公听到叔虞告诉自己这件事后,便立即换上礼服,赶到宫中去跟周成王道贺,周成王却说:"我不过是和叔虞开玩笑的,并没有想真的册封他啊!"周公对周成王说:"君无戏言,说话做事都要以'信'为重。如果你不顾信义,随意许诺,还有什么资格做一国之君呢?"听了周公旦的这番话,周成王感到十分惭愧,就把叔虞册封于唐地。

事实证明,周公的教育非常成功。成王长大后,成了一个非常勤勉有为的君主。他在位期间,联合堂兄鲁公伯禽东征淮夷、徐戎,大获成功,四方归顺,百姓纷纷称赞他的功业。

孔府箴规

孔府，又称"衍圣公府"，或"圣府"，是孔子嫡系长房子孙居住的府第，历经数千年而不衰，有"天下第一家"的美誉。

《论语》中记载，孔子看见经过庭院的儿子孔鲤，问他"学诗乎""学礼乎"，又告诫他"不学诗，无以言""不学礼，无以立"。后世把孔子在庭院中对儿子的教诲称为"庭训"，这可以说是孔府最早的家训。此后，孔氏后裔诗礼传家，名人辈出。西汉经学家孔安国，东汉末年文学家孔融，唐代经学家孔颖达，都是其中的佼佼者。

历史进入明代，孔氏后裔遍布全国，大宗、小宗不计其数，第六十四代衍圣公孔尚贤决定制定家规，规范族人行为。万历十一年，孔尚贤主持制定了《孔氏祖训箴规》，这是孔氏家族历史上第一部成文的族规。

《箴规》共11条，涵盖了各阶层族人为人处世的生活准则，强调"崇儒重道，好礼重德"等孔门传统，要求子孙"父慈子孝""读书明理""克己奉公"。此后，孔氏后裔按照《箴规》要求，立身处世，做了不少有益于社会的事情。明崇祯年间，山东大灾，瘟疫流行，孔子第六十五代孙孔胤植奏请免除粮税，并出钱救济灾民，先后救活数千人。六十七代孙孔毓珣在湖广任职时，修筑江堤，百姓称之为"孔公堤"。

时至今日，孔府箴规不仅熔铸在孔氏族人的心灵深处，也是中华民族的宝贵精神财富，在涵养德性和规范言行方面发挥着积极作用。

《颜氏家训》：古今家训之祖

《颜氏家训》是中国历史上最早的系统完整的家庭教育专著，被誉为"古今家训，以此为祖"。它的作者是南北朝时期的颜之推。

颜氏一族，可以追溯到春秋时期孔子的学生颜回。颜回是孔子母亲颜征在的族人，素以德行著称。孔子曾经称赞他安贫乐道的品质说："一箪食，一瓢饮，在陋巷，人不堪其忧，回也不改其乐。"颜氏勤俭清正的家风由此可见。

颜之推是颜回的第35世孙，他博览群书，德才兼备，却一生坎坷，历经梁、西魏、北齐、北周、隋五个王朝，三次被俘。他又亲历侯景之乱，多次险遭杀身之祸。晚年颜之推总结一生思考之心得，写成《颜氏家训》一书，全书包含《教子》《勉学》《名实》等20篇，涵盖了从饮食起居、修身养性到为人处世、求仕致学等方方面面的内容，留下了许多可供后世借鉴的至理名言。

由于有《颜氏家训》的滋润，颜氏后裔人才辈出。唐代训诂学家颜师古、誓不降贼的颜杲卿、书法大家颜真卿都是其中的杰出人物。文天祥《正气歌》中的名句"时穷节乃见，一一垂丹青"，列举忠臣烈士，其中有"为张睢阳齿，为颜常山舌"。"颜常山舌"，说的就是颜杲卿舌断仍喷血骂贼的壮烈事迹。

《子陵公家训》以德服人

严氏祖先可以追溯到东汉时的严光。据《后汉书·严光传》记载：严光，字子陵，会稽余姚人。严光为光武帝刘秀的同窗好友，学识过人，颇有雄才大略，曾为刘秀起兵出谋划策，功不可没。在刘秀登基后，严子陵却归隐富春山，高台垂钓，远离庙堂。刘秀得知后，多次派人前来延聘，严子陵始终不为所动，宁愿选择渔樵耕读，终老于钓台。

严子陵六十一世孙严守仁，于明朝万历年间迁居于琐园，迄今已有430多年。附近一带有六个村，都为严氏后裔聚居地。严氏子孙，世世代代遵循《子陵公家训》五十六条。家训相传由严子陵口述，后世不断完善而成。其中，开门见山的两条，便要求子孙须从内心出发，审视自我，一心向善："心吉百事皆吉；不善之心起则一身不及安。"

与其他家训相比，《子陵公家训》特别注重心灵陶冶和道德教化，教导子孙慈爱恭敬，以德为尊；同时告诫子孙"立家有法度"，要戒贪、戒奢、戒骄、戒躁，友睦乡邻，凡事以国以民为先："君子以国为先，祖宗次之；居官以民为先，子孙次之。"

琐园村内，姓氏众多，家族之间时常发生矛盾纠纷。为了村里的和谐发展，严氏一族曾牵头创办"少年同乐堂"。每年正月十三至十五，全村各姓少年聚在一起，同迎"板凳龙"。以少年同乐堂为纽带维系村庄和谐，体现了严氏家族礼让为先和以德服人的处世智慧。

诸葛亮写《诫子书》

诸葛亮政务繁忙,但他不忘教诲子孙、外甥,《太平御览》《诸葛亮集》中收录其《诫子书》《又诫子书》《诫外甥书》等家书,后人统称为"诸葛亮家书"。

他在《诫子书》中写道:"夫君子之行,静以修身,俭以养德,非淡泊无以明志,非宁静无以致远。"他的儿子诸葛瞻在魏将邓艾伐蜀时,不为所诱,力战而死,年仅三十七岁。诸葛瞻的长子诸葛尚,目睹魏军进入成都,慨叹道:"父子荷国重恩,不早斩黄皓,以致倾败,用生何为!"不愿归降曹魏,亦以身殉国。诸葛亮祖孙三代之死,被后人赞誉为"三代忠贞"。

诸葛亮为蜀汉事业鞠躬尽瘁,死而后已,生前给后主上奏章,自陈:"臣家成都有桑八百株,薄田十五顷,子弟衣食,自有余饶。至于臣在外任,别无调度,随身衣食,悉仰于官,不别治生,以长尺寸。臣死之日,不使内有余帛,外有赢财,以负陛下也。"诸葛亮死后,家中状况确实如此。

诸葛后裔在长期秉承祖德家风的过程中,又形成了一套完备且十分严格的家规家训,并刊载在《宗谱》卷首,以此树立族人的行为规范和道德准则,被称为诸葛氏家规。诸葛氏家规最早形成于宋元,完善于明清,共计15条,内容涉及为人处世的方方面面,明确了提倡什么,反对什么,禁止什么,并且订有罚则,便于执行。这些家规,对于调节家族内部的伦理关系和贫富关系、凝聚家族、和睦乡里、规范子孙操行,具有相当大的约束力和影响力。

吕氏乡约

传统社会秩序之维系，家有家规，国有国法。在家规和国法之间，还有乡约。乡约是同一居住区域的人们共同约定的行为准则。北宋陕西蓝田吕氏兄弟创制的《吕氏乡约》，被认为是中国历史上最早的成文乡约，它对后世基层社会的发展产生了不可磨灭的影响。

吕氏家族最知名的成员要数北宋名相吕大防了，在元祐年间竟身居相位长达八年之久。《宋史》对此称赞他"立朝挺挺，进退百官，不可干以私，不市恩嫁怨，以邀声誉，凡八年，始终如一"。吕氏一共有兄弟六人，其中四人名留史册。

吕大防有一个哥哥叫吕大忠。元祐年间他在秦州做官时，州判马涓因为曾经考取状元，经常以状元自称，大忠对他说："状元云者，及第未除官之称也，既为判官则不可。"身份改变了，称呼也要改变，沉湎在往日取得的辉煌中，只会让人罔顾当下。他还对马涓说，为应付科举而学习的东西，在实际生活中用处不大，"修身为己之学，不可不勉"。

吕大防最小的弟弟叫吕大临，他在科举上无所建树，却学问渊博。大临著述丰富，尤精于金石学，他撰写的《考古图》是中国现存最早且较为系统的古器物图录。另有一位弟弟叫作吕大钧，是《吕氏乡约》的主要创制者，他试图将古代的礼仪家庭推广到乡里，这也是《吕氏乡约》的创制目的之一。《吕氏乡约》要求入约民众德业相劝、过失相规、礼俗相交、患难相恤。

大儒朱熹对《吕氏乡约》非常重视，与其弟子不断修改并且加以

卧	冰
求	鲤

卧冰求鲤是古老的民间传说故事。最早出自干宝的《搜神记》,讲述晋人王祥冬天为继母在冰上捕鱼的事情,被后世奉为孝道经典故事。

推广，此后乡约成为维持基层社会秩序的重要生活规则。

包拯家训

　　北宋名臣包拯以刚正不阿、铁面无私著称，是中国历史上最有名的清官。

　　包拯曾在端州任职，当地特产端砚是宋朝士大夫最珍爱的雅器，当地每年向朝廷进贡。在包公之前的地方官，都借着向朝廷纳贡的机会，大肆勒索端砚，贿赂朝廷权贵，为仕途上升之路打点关系。为了制作端砚，大量劳动力进山开采石材，此举加重了老百姓的负担，影响了当地经济发展。包拯下令只能按规定数量生产端砚，州县官员一律不准私自加码，违者重罚，并表态，自己决不要一块端砚。此举在当地掀起轩然大波。三年后，包拯任期满，被调至中央任职，果然没有拿走一块端砚。

　　宋代党争激烈，高官都有自己的圈子。只有包拯始终洁身自好，从来不谄媚权贵。他穿的衣服、用的器具、吃的饭食如同平民一样。包拯死后，谥号为"孝肃"，《包孝肃公家训》云："后世子孙仕宦，有犯赃滥者，不得放归本家；亡殁之后，不得葬于大茔之中。不从吾志，非吾子孙。"共三十七字，其下押字又云："仰珙刊石，竖于堂屋东壁，以诏后世。"

　　包拯后人都能秉承家训，史载其子包绶"清苦守节，廉白是务"。孙子包永年"莅官临事，廉清不扰，而孝肃公之遗风余烈在也。"这些都说明，包氏子孙一直恪守家训，居官清廉。

朱子家训

宋朝大思想家朱熹为人端庄稳重，精通礼仪。他平常在家里的时候，天还没亮就起床，很正式地穿戴衣帽，然后到家庙里的先圣神位前去跪拜。在去书房读书的时候，书桌和各种书籍都摆放得非常整齐，有时候看书疲倦了，他就闭着眼睛端正地坐着休息。

朱熹曾这样教育孩子：走路要从容、规范，不要手舞足蹈，更不要慌慌忙忙，而是要稳稳当当。即使在家里的时候，也要注重走路的仪态，只有在长辈喊你的时候才能跑着过去。朱熹的孩子们长大以后都很懂得礼仪，得到时人的称赞。当时的人都跟着朱熹学习礼仪，社会风俗有了很大的改善。

有一天，朱熹去看望女儿。女婿是个穷书生，家里十分贫困。无奈之下，女儿只好跑到屋后的菜园里摘了几根香葱做成清汤，然后又煮了锅麦饭。女儿从厨房端出葱汤麦饭，心里十分愧疚。朱熹安慰女儿道："俭朴度日，是我们家的好家风。这样的饭菜已经不错了，吃起来可口，还能滋补身体。到你这儿来时，我看见有的人家屋顶上的烟囱还未曾冒烟哩！"

朱熹给后世子孙留下《朱子家训》，全文 300 多字，对修身处世、治家教子极具借鉴意义。《朱子家训》以"修身""齐家"为宗旨，内容涉及安全、卫生、勤俭、有备、饮食、房田、婚姻、美色、祭祖、读书、教育、财酒、戒性、体恤、谦和、无争、交友、自省、向善、纳税、为官、顺应、安分、积德等方方面面，通篇意在劝人积善成德。《朱子家训》流传甚广，被历代士大夫尊为"治家之经"，直到民国时期一直是童蒙必读课本。

吕祖谦的《家范》

吕祖谦是南宋著名理学家，与朱熹、张栻并称为"东南三贤"。吕氏先祖原籍开封，在北宋期间出过5位宰相，17位进士。靖康之变以后，宋室南迁，吕氏家族也随之南渡，后来定居在婺州，即今浙江金华。吕祖谦对家规传承念念不忘，著有《家范》，共分《宗法》《昏礼》《葬仪》《祭礼》《学规》《官箴》六个部分，对家族内部的各种事情提出了详尽的规范。

《宗法》篇主旨是"敬宗收族"，即通过孝敬、祭拜祖先聚拢家族人心。吕祖谦对此身体力行，他曾经在明招山为父母丁忧守墓，长达六年。

《学规》篇主旨是"读书先学做人"。吕祖谦反对做浮夸的学问，强调"讲实理、育实材、求实用"，其中蕴含着实事求是的态度。朱熹的白鹿洞书院即引以为借鉴，他还把长子朱塾送到吕祖谦门下学习，并叮嘱他"事师如事父"。

《官箴》篇指出"当官之法，唯有三事，曰清、曰慎、曰勤。知此三者，则知所以持身矣。""清""勤""慎"三个字，是吕氏家族对于子孙为官的规矩，也是中华优秀廉政文化的智慧。

其余《昏礼》《葬仪》《祭礼》各篇，也都是教育子孙知礼守礼，谨守规矩。元脱脱在撰修宋史时，称赞其"居家之政，皆可以为后世法"。

耕读传家的党家村

小说家陈忠实的传世名著《白鹿原》，写了白、鹿两大家族世代居住在同一个村落，共用一个祠堂，耕读传家的故事。陕西韩城市西庄镇还真有一个类似的村子，叫作党家村。

党家村主要是党氏、贾氏两大家族居住于此。村里家家户户的墙壁上都刻着祖先留给子孙后代的家训，如"无益之书勿读，无益之话勿说""志欲光前，惟以诗书为先务""行事要谨慎，存心要公平"等。这些家训的字体也十分讲究，主要以楷书为主，庄重大方，凸显对后人"守正"和"规矩"意识的要求。

耕读传家是党家村人的生活方式。"耕"是体力劳动，为衣食之源。"读"是脑力劳动，可以修养德性。党家村人特别重视读书，读书的同时，还要习字。在写字的过程中，如果出现写错、写坏的情况，有字的纸不能乱丢，也不能用脚踩或者丢进垃圾桶，而要收集到"惜字炉"里焚烧。这个习俗至今犹存，反映了党家村人对于文化的尊重。

明代党孟辀，为人忠义。在韩城大灾之年，他把200多石粮食借给相邻，并当众烧毁借据。他还拿出300两银子，救济无力缴纳赋税的人，被当时的人们称为"党义翁"。

党家村家训文化厚重，培养了不少优秀儿孙。党氏第十六世祖党蒙在任清朝刑部主事时，刚正不阿，曾任钦差赴山东查案，承办贪官污吏数十人，被朝廷赐予"清廉正直"的牌匾。

《风宪里陈氏族训》

明代陈玘曾任任县知县、汉中知府、湖广按察司副使等，是一个清正廉洁的好官，被认为"千金经手过，钱不沾一文"。

陈玘的父亲叫陈鸾，字廷瑞。据资料记载，他一生勤勉耕作，注重家教。陈玘考中进士进入官场后，陈鸾也没有放松对儿子的教育。曾经有人贿赂陈鸾，希望走他的门路，陈鸾拒绝了这笔贿金，写信告诉儿子这件事情，嘱咐他一定要秉公处置，不可枉法。

陈玘对于家人的要求也很严格，留下了九千多字的《风宪里陈氏族训》，从孝父母、友兄弟、教子女、敦宗族、止婚嫁、亲师友、敬尊长、肃家风、求学问、勤职业、节财用等方面对族人言行予以规范。

陈玘训诫族人要厉行节俭，比如举办婚礼时，迎亲不用鼓乐仪仗，一切从简。他嘱咐族人要重视对子女的教育，他说："若养而不教，教不以正，甚至姑息为爱宠，成骄惰，日甚一日，不可救药矣！"陈玘还训诫族人，当官不可当祸国殃民的官，而要当解民倒悬的官，否则祖宗的清誉都会受到玷辱。他要求族人从今以后，前后相承，延续不断，永远为戒。

陈氏恪守族训、注重教育，明清两代考中进士、举人八十余人。陈氏家族在外任官的有不少赢得了百姓的口碑，如陈玘第十一世孙陈伟勋，为官二十余年，清正廉洁，百姓为他建碑立祠，称他为"青天"。

黄庭坚的《家戒》

北宋大诗人黄庭坚的曾祖父黄中理曾经主持制定《黄氏家规》，共20条，对行孝、为友、从业、求学等方方面面进行了详细规定。黄庭坚本人在晚年也留下了一篇《家戒》，以几十年的所见所闻，反复向儿孙说明一个道理：家和则兴，不和则败。

黄氏家族祖居江西修水县杭口镇双井村。此地有"华夏进士第一村之称"。据史料记载，仅宋朝一代，双井村黄氏家族就出了48位进士，其中有4人官至尚书。黄氏的家规家风不仅造就了双井黄氏的繁荣，而且由一村一乡辐射到一县一州乃至更为广泛的地区。据不完全统计，仅宋代修水县就有进士160位，其中最著名、最具影响的应该是黄庭坚。

深受家风熏陶的黄庭坚同样十分注重教育子孙，传承家风。他晚年在《家戒》中，总结家族兴衰的原因，告诫子孙"无以小财为争，无以小事为仇""无以猜忌为心，无以有为为怀"，要互相谦让、互相照顾、和睦相处，齐心协力维护好家族的传承发展。黄庭坚曾经在一首诗里写道："藏书万卷可教子，遗金满籯常作灾。"这或许是他对子孙后代最好的教训。

王伯大与《四留铭》

南宋名臣王伯大是福建省霞浦县赤岸人,曾任参知政事等职。

淳祐八年(1248年),出仕30多年的王伯大辞官回乡。他静心总结自己前半生做人、做事、做官的心得体会,认为人不可穷尽一切利益归己所有,要保持人与社会、自然关系的和谐,谋正当利,适可而止,并写出了流传至今的《四留铭》,"留有余,不尽之巧以还造化;留有余,不尽之禄以还朝廷;留有余,不尽之财以还百姓;留有余,不尽之福以还子孙"。为教育后世子孙,王伯大还在赤岸村建造了留耕堂,时刻提醒其子孙后代为人处世要"留余"。自此,"留余"这一颇具哲学智慧的思想,不仅成为王伯大的子孙修身齐家的行为规范,还成为了霞浦王家世代传承的家风家训。

家风的作用是巨大的。王伯大提出并倡导的"留余"思想,深刻影响着其子侄的言行。王伯大的儿子王积翁,受"留余"家风的影响,为官期间,坚持秉公办事,不忘为民造福,政绩斐然。王伯大的孙子王都中,在父母的教诲下,他从小将《四留铭》作为自己的警世格言,把"留余忌贪"奉为圭臬,既不迷恋物质财富,也不沽名钓誉。《元史》中对王都中的评价是"不增一疃,不易一椽,其清白之操,得于家传"。

王伯大的"留余"家训,不但成为霞浦王家修身齐家的重要思想,在全国各地也影响深远。江苏省苏州市潘氏家族、宁夏吴忠市同里镇王氏家族、广东省梅州市梅城张氏家族都奉留余、留耕思想为族训。

江南规矩第一家

书圣王羲之辞官后,隐居于剡县金庭,此地即现在的浙江省嵊州市金庭镇。王羲之谢世以后,埋葬在故居不远处的瀑布山南麓,后世子孙在附近繁衍生息,逐渐形成"华堂村"。他们把王羲之的治家思想代代传承,写入族谱文字中,共24字,为"上治下治,敬宗睦族,执事有恪,厥攻为懋,敦厚退让,积善余庆"。此后,又制定26条族规,为家族成员立下更加具体的规范。

华堂村有一条人工水渠,被称为"九曲水圳",已有500多年的历史。古代社会,饮水用水是个大问题。王羲之第36代孙王琼之妻石氏为了解决族人饮水问题,变卖首饰和嫁妆,从村外平溪江引进清水,修成此渠。对于水渠的保护,王氏族规有严格的管水条例,村民分时段、分功能用水,并且相互监督,违者要按族规处分。此渠至今清澈如故,完好无损,靠的就是"规矩"二字。

从王羲之以后,华堂村王氏后裔为官者有120多人,无一人因贪污而被罢官。从南北朝以来,华堂村王氏共产生了20多位御史官。他们都能做到清廉为官,刚正不阿,在历史上留下了好名声。今日之华堂村,绿水青山风光好。华堂村民风淳朴,以好规矩树立好家风,人文风光更好,到处洋溢着墨香清韵,被人们誉为"江南规矩第一家"。

杨氏的"四足"与"四重"

《三国演义》有一首开篇词《临江仙》："滚滚长江东逝水，浪花淘尽英雄。是非成败转头空。青山依旧在，几度夕阳红。白发渔樵江渚上，惯看秋月春风。一壶浊酒喜相逢。古今多少事，都付笑谈中。"

这首词的作者是明朝的大才子杨慎。整个明朝，四川仅出了一个状元，就是杨慎。虽为状元，但杨慎因性情耿直，在"大礼议"事件中得罪嘉靖，仕途并不顺利。

明武宗无后，朱厚熜以"兄终弟及"的方式登上帝位，即嘉靖。按照皇统继承规矩，他要认明武宗的生父孝宗为"皇考"，享祀太庙，自己的生父只能称"本生父"或"皇叔父"。但是，朱厚熜即位后第六天，就下诏群臣议定他自己的生父兴献王为"皇考"，按照皇帝的尊号和祀礼对待。朱厚熜的违礼之举，受到朝中有识之士的反对，其中以杨慎尤为坚持原则。后来，杨慎被永远谪戍云南。

杨慎流放云南前，与妻子告别时，亲笔书写杨家家传的《四足歌》，从居住、饮食、娶妻、育儿四个方面教育子女淡泊名利，节俭持家，又重申杨氏"四重"家训，即"家人重执业，家产重量出，家礼重敦伦，家法重教育"。杨慎临死之前，留下遗言"临利不敢先人，见义不敢后身"。这两句话出自他20岁时写的一首小诗《自赞》，既是对自己一生的总结，也是对子孙后代的要求，与"四足""四重"一起，成为流传千古的杨氏家训。

传世家训《郑氏规范》

历史上，一个家族累世被朝廷旌表，可称"义门"。历史上，比较著名的有江西义门陈氏，陕西义门王氏，其中最为著名的是浙江义门郑氏。一般五世、七世就属难能可贵，郑氏义门合众生活整整延续了十五世。

自北宋重和元年（1118年）至明成化十五年（1479年），郑氏家族在金华浦江生活了360多年，合族聚居，以孝义治家闻名于世。长达168条的传世家训《郑氏规范》，被誉为中国传统家训的重要里程碑。

《郑氏规范》对郑氏族人行为做出了详细严格的界定，如：

凡郑氏家族子弟必须有福同享、有难同当，成年男子要从事稼穑、畜牧、园艺等劳动，在外为官经商者，所有收入也一律上交祠堂。

凡郑氏儿童从5岁开始就要学礼，8岁进家塾读书，12岁可外出读书，读到21岁时，如取得功名，可继续学习，否则就得回来参加家族的生产劳动。

族中男女嫁娶择偶时，不能看对方的贫富，而要看是否出身温良之家。

类似的规范还有很多，在168条规范中，有三条涉及廉政廉洁，这是专门针对出仕做官的子孙的。在漫长的岁月里，这些规则作用巨大。共居十五世期间，郑氏共有173人出任七品以上的县官，尽管职位差距很大，任职地域相隔千里，但令人惊叹的是，郑氏子孙竟无一人因贪墨而被罢官。明洪武十八年（1385年），朱元璋欣然为郑氏题写"江南第一家"，以示旌表。

《朱子家训》

《朱子家训》有两种。一为朱熹所作,原题为《紫阳朱子家训》。一为朱伯庐所作,原名为《朱伯庐治家格言》。以流传和影响而言,朱伯庐的《朱子家训》比朱熹的都要大。

朱伯庐本名朱用纯,字致一,号柏庐,明末清初江苏昆山县人,是著名理学家、教育家。清顺治二年(1645年),其父朱集璜在守昆山城抵御清军时遇难。因为对明朝怀有深厚感情,他始终未入仕,早年居乡教授学生,潜心治学,以程朱理学为本,提倡知行并进,躬行实践。他深感当时的教育方法使学生难以学到真正的学问,遂撰写《辍讲语》,反躬自责,语颇痛切。

教书育人之余,朱伯庐最看重的是读书。他在《治家格言》中写道:"子孙虽愚,经书不可不读""志欲大,心欲虚。尽孝悌,敦读书。学如是,斯远到。勉之哉,及年少"。朱伯庐一生没有轰轰烈烈的壮举,没有惊天动地的丰功伟绩,在日常生活中清清白白做人,认认真真读书,但由此提炼出一部《治家格言》,流传后世。

朱伯庐一生严以律己,处处给家人作表率。他常常对妻子说:"居身务期质朴,教子要有义方。"七十岁生日时,家人给他祝寿。亲友们纷纷登门,十分热闹。很多亲戚朋友送来了礼品,他一律谢绝。甚至连儿子媳妇也只让他们行一个礼,就算是拜过老寿星了。过生日那天,他请亲戚朋友们吃饭,用的几乎都是素菜。妻子担心这样做会被人看不起,他却笑笑说:"自奉必须俭约。"

江州义门陈氏规矩森严

江州义门陈氏绵延自盛唐开始，就以义治家，以义传家，家族内部一直和谐友爱，夫妻不离不弃，兄弟妯娌不争不妨，邻巷里陌不吵不闹，这些全靠的是好家风。陈氏所秉持的规矩，指的是《义门家法三十三条》《家训十六条》和《家范十二则》。

为保证家规家训得到切实执行，陈氏先祖专门建了刑杖厅，用以执行家法，并将"家严三尺法，官省五条刑"作为厅联，以"惩过"为横额，表明"凡弟子有过，必受家法严惩"的决心。

刑杖厅建成不久，义门陈氏一处田庄的庄首陈魁，从家族库司中领了三十两库银到江州去办事。办完事后，陈魁看到一伙人在赌博，一时手痒就拿出剩下的三两银子跟着一起赌。谁知第一次赌博的陈魁竟然运气极好，不到一个时辰就赢了三十五两。回到家后，他将赢来的三十五两银子和剩余的三两库银一并缴还了库司。没过多久，家长陈崇查检田庄账册时发现了这一问题。赌博是义门陈氏家规中明确禁止的，即使没有把赢来的钱纳入私囊也不被允许。第二天，陈崇邀请族中的长辈、各田庄的庄首到刑杖厅后，便命令庄丁把陈魁反扣双手绑进来受罚。念在陈魁初犯家法，且未将不义之财收入私囊，为儆效尤，行杖一十五下。说罢，就令人拿来"竹杠子"执行了家法。打过之后，陈崇问陈魁"你服也不服？"陈魁说："官法如雷，家法如炉，陈魁一时鬼迷心窍，今日领教了，下次不敢。"

此事很快一传十、十传百，使义门陈氏的子弟都知道家法森严，刑罚无情，再也不敢轻易违背。

钱氏祖训

江南钱家的老祖宗是五代十国时期的吴越王钱镠。钱镠的后代居住在杭州和苏州等地，门风谨严，人才兴盛。自唐末以来，载入史册的钱氏后人超过千人。近代以来，钱家子弟不少是文史大家，如钱穆、钱基博、钱锺书等。还有不少著名科学家，如钱学森、钱三强、钱伟长、钱永健等。钱氏子孙名教授数百，院士几十人，被公认为"千年名门望族，两浙第一世家"。

钱氏家族自钱镠开始就留下"武肃王八训""武肃王遗训"等家训，后来钱氏后人总结前代治国思想，编入《钱氏家训》，共分个人、家庭、社会、国家四个篇章，成为一部饱含修身处世智慧的治家宝典。钱氏家训特别注重读书，"子孙虽愚，诗书必读"。钱镠出身贫寒，但称王后却喜欢读书，在诗画上也颇有造诣。他从读书中收获很大，便要求子孙也这样做。尊师重教、读书明理，成为钱氏家族的重要家风。

因为钱家祖上本身是王族，不用抱着"学而优则仕"的目的去读书，钱氏后代归顺宋朝以后也表示只读书不做官，所以钱家后人的读书目的非常纯粹，那就是为了追求知识和提高德性。正因为如此，钱氏后人大多数能够淡泊金钱和名利，在科技、教育和文化等领域贡献巨大。

"人丁兴旺"的张谷英村

张谷英村,位于湖南省岳阳市岳阳县,迄今已有600多年的历史。

元末明初,张谷英和两位同乡刘万辅、李千金从江西来到湖南。这三人当中,张谷英的文化水平最高,据说是上懂天文,下识地理,尤其精通风水。他手持罗盘,一路察山看水,终于在岳阳附近的渭洞地区发现了三块风水宝地:一块"官运亨通";一块"四季发财";一块"人丁兴旺"。如果分别在这三块地上安家立业,子孙后代就会如其所愿。

张谷英是个老实人,对朋友坦诚相告。他又是一个谦谦君子,让同伴先挑,挑剩了的自己得。刘万辅觉得有钱才是真正的好,便选择了"四季发财";李千金想光宗耀祖,便选择了"官运亨通";张谷英得了个"人丁兴旺"。

果然,渭洞刘氏成了豪富之族,李氏步入了官宦之旅,张氏则繁衍至今27代9000余众,绵延不绝,蔚为大观。

从张谷英村建立以来,张氏历代祖先编写了《张氏家训》25条,《族戒》5条,教育后人"耕读继世,孝友传家"。《张氏家训》的核心主要是"孝""友""勤""廉"四个字。科举时代,张谷英村出过进士1人,举人7人。现在,张谷英村有600户,2600多人,他们全部是张谷英的后人。整个村子民风淳朴,人际关系和谐,家训族规的教育起到了很重要的作用。

王阳明的《示宪儿》

王阳明是明朝的大思想家、阳明心学的创始人。史载王阳明少时顽劣，后由父亲教育成才。他的父亲王华 36 岁时考中状元，入仕以后为官清正，不媚佞人。当时宦官刘瑾专权，朝中大臣奔走其门，只有王华洁身自好。王阳明在考取进士以后，在人生的各个时期都能秉承良知，不忘初心，这与父亲的榜样示范作用是分不开的。

阳明家风的核心是良知教育，主张"蒙以养正"，把勤读书、早立志、学做人、做好人作为家庭教育的重中之重。《王文成公全书》收集了大量王阳明给兄弟、子女以及族中晚辈的书信。其中，写给长了正宪的家书《示宪儿》，便是王阳明著名的教子家训。《示宪儿》被称为王阳明家规"三字经"，整篇家书，用歌谣体式，三字一句，共三十二句，一韵到底，朗朗上口。全文是这样的："幼儿曹，听教诲：勤读书，要孝悌；学谦恭，循礼仪；节饮食，戒游戏；毋说谎，毋贪利；毋任情，毋斗气；毋责人，但自治。能下人，是有志；能容人，是大器。凡做人，在心地；心地好，是良士；心地恶，是凶类。譬树果，心是蒂；蒂若坏，果必坠。吾教汝，全在是。汝谛听，勿轻弃。"

直到今天，阳明后人仍然谨记重孝悌、勤读书、致良知、做良士的谆谆教诲，并视之为整个家族安身立命的规矩，代代传承。

袁氏的《了凡四训》

明代袁黄,字坤仪,号了凡,著有《了凡四训》。全书包括"立命之学""改过之法""积善之方""谦德之效"四篇,以自己的亲身经历,谆谆告诫子孙行善积德,勇于改过。

袁了凡在宝坻任县令时,曾作"为官功过格",起名《治心篇》,将每日所做之事,记录于上。每行一善记数,每有一过退除,日积月累,计算功德总数。袁了凡通过这种方法,来修身养性,完善自我。

袁了凡初到宝坻上任时,当地正在发水灾。袁了凡带头捐出俸禄救助百姓,并上书朝廷请求减免赋税,减轻了百姓的负担。

灾荒之年,官府煮粥赈灾,袁了凡都要向负责的人行礼,并恳求务必将沙子挑出去,不准兑冷水,担心人们吃了沙子或冷水混在其中的粥会生病。他还在宝坻推广水稻种植,经过多次试验,他引进了耐盐碱的稻种并试种成功,为无数百姓解决了温饱问题。直到今天,宝坻仍然是重要的水稻产区。

袁氏后人在《了凡四训》的影响下,都能秉承家学,有功于社会。袁了凡的儿子袁俨在高要任官时,因救灾死于任上,受到百姓的敬仰。这部凝结了袁家家风智慧的书籍,影响范围远远不止于家族内部。晚清名臣曾国藩,就深受其影响。他根据《了凡四训》的精神,将自己的名号改为"涤生":"涤者,取涤其旧染之污也;生者,取明袁了凡之言:'从前种种,譬如昨日死;以后种种,譬如今日生也。'"

清代名臣李光地

李光地是清代康熙时期的名臣,康熙曾经评价他"谨慎清勤"。在福建泉州湖头镇李光地故居前,立有一座动物雕像,名为"贪"。"贪"生性贪婪。这只"贪"的头部与身体最初是断开的,李光地把断首的"贪"放在门口,用以告诫后裔:为官若贪,便会"掉脑袋""身首分离"。

在李光地故居新衙大厝的厅堂里,他的4幅亲笔诗作高高悬挂,其中一首这样写道:"家传一首《冰壶赋》,庭茁千寻玉树枝。"这是李光地一生清廉为官、勤政爱民的真实写照,同时也激励着后人要像他一样,心如明镜,志向高远,为国家多做贡献。

李光地深知一个人的成长成才与家族教育密不可分,晚年亲自拟定家训族规,包括《家训·谕儿》《诫家后文》《本族公约》等,以此教育子孙后代读书明理,收敛约束,和慎谦卑,不可盛气凌人。

除了家训族规外,李光地还订立村规民约,包括《同里公约》《丁酉还朝临行公约》等,明确指出盗窃、奸淫、赌博、盗耕牛私宰和放火焚山,都是严重影响生产生活安定的坏事,告诫乡人不能触犯,违者将送到官府按律严办。

李光地以身作则,凭借家训族规、村规民约,不仅约束了族人,改善了乡里的社会习气,还对周边地区产生了影响。据记载,明清时期,湖头古镇曾出现"四世十进士七翰林"的科举盛况,先后出现了1位宰相、4位总兵、99位举人,入仕人数100多人。

许汝霖和《德星堂家订》

清代许汝霖为官三十年，清正廉明。他曾奉旨到各地为官施政，所到之处，官民钦佩。

河北子牙河泛滥成灾，康熙派他前往督修。以往治河材料、工程均为包揽，故"费浮而堤不固"。许汝霖一改旧习，每天亲自督查，不辞辛劳，以致一只眼睛生病失明，仍不肯稍有懈怠。不到一个月，施工任务完成且节省了大量经费。康熙巡视后满意地说："如此做去，尽可放心。"他治理子牙河绩满后回京时，当地百姓"夹道执香泣送"。

许汝霖任江南学政时，当地学官腐败严重。许汝霖上书康熙力陈四条规矩，颁布整顿士风训令，明令无学历者不许为教官，禁止学生吃喝送礼，禁止伪造乡会文书等，惩治贪腐作弊者。自此以后，两江考风大为好转。

许汝霖在告老还乡途中，有感于当时社会违背礼仪的行为越来越多，撰写了《德星堂家订》，其核心内容有三：一是俭为贵，例如宴会时"燕窝、鱼翅之类，概从禁绝"，穿衣尽可"旧衣楚楚"，嫁娶应"一切从简""总宜简约"；二是孝为本，追先念切，心怀敬畏，破除陋习；三是重清廉，"传前人之清白，不坠家声"，要求后人保持清正廉洁的品行，传承清白家风。

《德星堂家订》对子孙后代影响深远。许汝霖儿子许惟模是当时有名的廉吏；七世孙许仁沐曾经创办育婴堂两间，是慈善名人；十一世孙许伟平热心公益，被评为"最美海宁人"，并荣登"浙江"好人榜。

"公安三袁"

"公安三袁"又称"三袁"。他们是明代晚期出生于湖北公安的三位袁姓兄弟，分别是袁宗道、袁宏道、袁中道。三兄弟是明朝万历年间"公安派"文学的代表人物，倡导"独抒性灵，不拘格套"，力挽复古颓靡之习气，开一代文学之新风，为以后三四百年间的文学革新思潮揭开了宏大序幕。

"三袁"不仅在文学上取得了巨大成就，在政治上也享有盛誉，这与袁氏家规的教育有关。袁氏家族有《袁氏家教十则》《袁氏家戒十条》，主旨是注重名节，崇尚读书，提倡节俭。

袁氏家族崇尚读书，崇尚知识，明确把资助求学写入家教细则，显示了袁氏一族的智慧与远见卓识。在这一家训的影响下，袁氏家族兴起了竞相读书、追求上进之风，结出了丰硕成果。

"三袁"兄弟高中进士以后，母亲让他们穿着草鞋回家报喜。族人不解，觉得三兄弟已经是人上之人，怎么还要如此寒酸。母亲说：就怕他们做了官，忘了本，告诫他们做人要安贫乐道，为官要清正廉明。

"三袁"谨遵母训，都是好官。袁宗道为官清正，从不收取他人一钱，死后身边囊无寸钱。袁宏道任吴县县令时，办事从不拖拉，有时候一顿饭的工夫就把事情处理好，人称"升米公事"的好官。

曾兴冈的"八字三不信"

曾国藩家族是中国近代最成功的家族。200多年来，曾氏后人有成就的多达200人。世人只知曾国藩，其实他的祖父曾兴冈也很了不起，在曾氏家风的形成过程中起到了奠基性的作用。

据说，曾兴冈年轻时是个二流子，喜欢赌博，有时候太阳高挂，他还在睡懒觉。在他35岁的时候，邻居预言曾家必败，给他很大刺激，从此浪子回头。曾家历史上有个话头，"兴冈公三十五岁发奋立志"，就是这样来的。此后，曾兴冈开山垦荒、喂鱼养猪，成为当地的富户。致富以后的曾兴冈总结出"八字三不信"的家训，成为曾家的传家宝。

八字是"书、蔬、鱼、猪、早、扫、考、宝"。书是读书，为家族兴旺第一要诀。种蔬菜、喂鱼、养猪是体力劳动，勤劳可以致富。早起、洒扫是良好生活习惯，可以提振子孙的精气神。考是祖先，经常祭祀祖先可以获得保佑。宝是邻里，善待邻里才可以人际关系和睦。"三不信"，就是不信药医、不信地仙、不信僧巫，要求子孙踏踏实实，不要相信荒诞不经的迷信幻术。

在曾国藩考上进士踏入仕途以后，兴冈公说："宽一虽点翰林，我家仍靠作田为业，不可靠他吃饭。"他告诉大家，曾家的主业仍然是种田，不能给在外做官的曾国藩增加负担。

曾兴冈的思想对后代影响很大，曾国藩经常在书信、日记之中提及，提醒晚辈取法兴冈公教诲，以绍家风。

丁宝桢家书教子

晚清名臣丁宝桢以智斩太监安德海闻名于世，他十分重视自身修养，并通过家书教育子女为官做人的道理。

丁宝桢虽非出生于名门，却也是书香门第。他的先祖丁公俊有秀才功名，曾经留下一首诗："人非圣贤无高下，世代忠良不可差。读书耕田不误时，精忠报国品自嘉。廉洁奉公身高洁，尊老爱幼在天涯。一旦蒙恩受命时，不负朝廷不负家。"这首诗被丁家后人视作家规，培育了丁氏百年不衰的好家风。丁宝桢谨记祖宗家训，为官一生做了三件大事：一是智斩太监安德海；二是治理黄河水患；三是创办山东机器制造局。

丁宝桢在给儿子丁体常的信中说："遵率祖父家规，我之做官，志在君民，他无所问。宁可被参而罢黜，断不依阿以从俗，而自坏身心，贻羞后世也！""为官，第一要务是为民。盖民为国本，培养民气即是培养国脉。凡有害于民者，必尽力除之。有利于民者，必实心谋之。"丁宝桢原籍贵州平远，长期担任山东巡抚，后死于四川总督任上。噩耗传来，山东父老不胜悲伤，恳请朝廷将他的灵柩运回山东。

中国政治文化追求"政声人去后"，丁宝桢给为官者树立了很好的榜样。在丁宝桢的教育下，他的长子丁体常官至广东布政使，次子丁体勤，任山海关通判，侄孙丁道衡成了中国著名的地质学家和教育家。

乔家大院"六不准"

清末民初，山西祁县乔家堡乔氏堪称商业巨族，是晋商的代表。从乔贵发创家业始，乔家由贫穷农户发展成富商巨贾，从单身一人繁衍为人口众多的望族。鼎盛时期，乔氏家族数百人口聚族而居，乔家产业遍布全国。

乔家之所以家兴族旺，和家规家训关系密切。乔家家规始立于乔氏发家始祖乔贵发，完善于乔家成就最大者乔致庸。

家规在乔氏族内口口相传，历代子孙须铭记"六不准"：不准纳妾；不准赌博；不准嫖娼；不准吸毒；不准虐仆；不准酗酒。

家训体现在乔家大院的楹联、匾额中，诸如"厥德惟修""为善最乐""经济会通守纪律，言词安定去雕镌"等，要求家人真诚、厚道、诚信、守规矩，不巧言辞令，蒙混别人。

乔家是大家族，几乎没有发生过兄弟反目、妯娌交恶、婆媳不和等事情。李鸿章对乔家"和为贵"的家风十分欣赏，曾经给乔家写过一首楹联，"子孙贤族将大，兄弟睦家之肥"，要求世人学习乔家的和谐家风。

乔家世代经商，十分讲求诚信。乔家曾经在包头发现一批掺假的胡麻油，他们把油全部倒掉，换成好油。民国时期，山西省银行以20元晋钞兑换一银圆，百姓损失很大。但乔家仍坚持诚信，给存款人一元晋钞兑换一银圆。

积德行善也是乔家家风。为帮助乡邻，乔家常年把三头牛拴在门外，谁家要用就牵去，用完再送还。乡邻如有病无钱求医或家境困难，只要找到乔家,都会得到帮助。

正因为家风好,乔家富甲一方200多年,连续六代长盛不衰,被称为"晋商翘楚"。

王艮著《孝悌箴》引导家风

明代王艮出生于盐丁家庭,由烧盐卖盐而自学成才。38岁师从王阳明,首开"百姓日用即道"的思想,成为中国思想史上泰州学派的创始人。

在王艮的理论体系中,关于家风家规、乡规民约的论述有三成左右,王艮理解和讲授的"修齐治平",是他对自身经历的体悟与升华,具有很强的平民性,容易践行、普及和传承。

王艮11岁辍学上灶,烧盐八年,卖盐六年,饱尝盐民生活的辛酸。他的父亲要上灶烧盐,劳苦不堪。母亲要照料他弟兄七人,有时还要上灶操作,因过劳而病逝时,王艮只有14岁。长大后,王艮弟兄多,产盐亦多,家庭经济好转。弟兄们先后结婚成家,此时孝悌问题便显露出来了。

一天,王艮早起读书,看到父亲用冷水洗脸,准备赶去官府应差。冬季天寒水冷,王艮自责不已,从此代父亲去服差役。还有一次,家中各房弟媳议论起自己嫁妆的厚薄,王艮召集众兄弟,请父亲和继母坐于堂上,讲述"众人离,起于财物不均"的道理,将各房财产置于庭中,综合分配,家庭归于和睦。

王艮对《孝经》深有体悟,认为"孝者,人之性也,天之命也,国家之元气也"。他结合家中情况,写下《孝悌箴》,作为家规,要求族人以孝悌之心事亲从兄。在《孝悌箴》的引导下,七个弟兄八幢茅屋的大家庭富庶和睦，秩序井然，人丁兴旺，家风昌盛。

王家大院"矩"字多一点

王家大院位于山西省晋中市灵石县静升镇静升村，三千王氏族人曾经在此聚族而居，延续200多年。院与院隔而未隔，人与人疏而未离，和睦相处，秩序井然。王家大院规矩森严，关键人物是静升王氏第十六世祖先王廷璋。

清乾隆十八年（1753年），王廷璋在创建王家大院五堡之一的"和义堡"时，借用北宋张思叔的《座右铭》立下家训："凡语必忠信，凡行必笃敬，饮食必慎节，字书必楷正，容貌必端庄，衣冠必肃整，步履必安详，居处必正静，作事必谋始，出言必顾行，常德必固持，然诺必重应，见善如己出，见恶如己病。凡此十四者，我皆未深省，书此当座隅，朝夕视为警。"这段家训从言谈举止、为人处世、品性修养等各个方面对族人提出要求，影响极为深远。

王氏发家的轨迹是由农而商，由商而官，特别注重诚实守信。第十五世祖王德寅曾与一位朋友合伙做生意，朋友不幸意外死亡。王德寅没有将红利暗地占为己有，而是几经辗转找到其家属遗孤，按照契约条例，如数奉还，分毫不差。

在王家大院"存厚堂"书院里，有清代学者翁方纲所题写的匾额"规圆矩方，准平绳直；祥云甘雨，丽日和风。"其中的矩字多写一点，这并非错别字，而是告诫人们：多一点规矩，才能更好立身处世。由于家风良好，静升王氏人才辈出，仅康熙、乾隆、嘉庆年间，有五品到二品的实授官员42人，跻身儒林、名登仕籍者120多人。